幽灵侦探

Carnacki, the Ghost-Finder

［英］威廉·霍奇森 —— 著

徐嘉康 —— 译

上海文艺出版社
上海故事会文化传媒有限公司

编委会

总策划 夏一鸣

主　编 黄禄善

副主编 高　健

编辑成员（按姓氏拼音为序）

蔡美凤　高　健　洪圣兰　胡　捷

黄禄善　吴　艳　夏一鸣　杨怡君　朱崟滢

名家导读

/陈俊松

陈俊松，男，上海外国语大学文学博士，复旦大学外国语言文学博士后，现为华东师范大学外语学院副教授，主要从事当代美国文学、二十世纪西方文论、比较文学、叙事学等方面的研究。

威廉·霍奇森，英国作家，以描写超自然力量、灵异现象为长。其最著名的作品的是"幽灵三部曲"：《"格伦·卡里格"号帆船》(1907)、《边陲幽屋》(1908) 和《魔鬼海盗》(1909)。

霍奇森1877年出生在英格兰埃塞克斯郡，父亲是英国圣公会的一名牧师，经常被派遣到遥远的戈尔韦湾，那里有崎岖的爱尔兰西海岸。儿时的威廉从小产生了对大海的热爱和向往。13岁时，他就背着家人悄悄出海，虽被及时发现并追回，但当水手的念头从此让他矢志不忘。终于到了1891年，他如愿以偿地在一艘商船上开始了自己的航海生涯。见习期满之后，他到利物浦一家技校读了两年书，不久即取得"三副"的资格，又重新出海。他先后随船绕地球三周，饱经风霜和危险。长期的海上航行为他日后的文学创作积累了丰富的素材。1902年，霍奇森回到了陆地，在经过了数次创业失败之后，他决定创作灵异小说。他的第一篇公开发表的灵异小说是《回归线上的恐怖》，该文刊登在1905年6月的《宏大杂志》。从此，他的短篇灵异小说源源不断地见诸报刊，其中包括脍炙人口的《夜之声》(1907)。

霍奇森笔下的世界是神秘而诡异的，似乎总有一股邪恶怪异的力量在隐隐作祟：《夜之声》中蠕蠕而动甚至能"消食"人体的灰色真菌，《古屋搜寻者》中在屋内四处游走的小孩和妇女的踪影，以及《魔鬼海盗》中那亦真亦幻、拥有巨大力量的邪恶人形幻影。与其他恐怖小说作者不同的是，霍奇森试图借助科学的力量，用客观的实验和证据对这些灵异事件加以解释，使故事更加真实。当事件涉及其科学知识的盲区时，他便诉诸"超自然力量"，这在《幽灵侦探》中体现得最为明显。受经典侦探人物形象夏洛克·福尔摩斯的启发，作者将古典式侦探小说的破案解谜与恐怖小说的超自然邪恶势力描写相结合，创造了一种全新的小说文体——超自然侦探小说。后来的西方著名超自然主义侦探小说家，如杰拉尔德·芬德勒(1899–？)、萨克斯·罗默(1883–1959)、弗格斯·休姆(1859–1932)等等，都从威廉·霍奇森那里深受启发。他们的作品与阿加莎·克里斯蒂(1890–1976)等人的直觉主义侦探小说彼此呼应，共同催生了西方古典侦探小说的黄金时代。

《幽灵侦探》初版于1913年，包含霍奇森所著的六篇短篇恐怖小说，后又于1947年增三篇再次结集出版。我们手头的这个版本辑录了霍奇森其三部中短篇恐怖小说，即《幽灵侦探》(1947)、《幽灵缠绕》(1912)、

《夜之声》(1907)。

《幽灵侦探》中，侦探卡拉其反复出现，他专事调查各类灵异案件，以古宅闹鬼居多。小说以第一人称视角进行叙述，诡谲、神秘、恐怖、阴郁构成了小说气氛的主基调，且每每伴随着一个依据神话传说或民间故事而存在的所谓拥有超自然力的邪恶之灵，它们扰乱人间，有时甚至带来死亡的灾难。

值得一提的是，本书中所描写的灵异事件并非均为"超自然力量"之"杰作"，有些只是人为的恶作剧。但其手法极其高超，通过霍奇森的描写，甚至给我们一种邪灵之力在蠢蠢欲动的感觉。有些将两者结合，在揭开恶作剧真相之余，也留下了耐人寻味的未解之谜。我们在惊喜于解开谜题的同时，却又无法完全做到真相大白，霍奇森便引入了类似"重生""鬼魂显灵"等概念。十九世纪四十年代至二十世纪二十年代，唯灵论在美国起源，并传播至诸多英语国家。唯灵论的主要观点是：死后的物质生命是一种更高的存在形式，只要通过一定媒介的连接，它就能够成为现实生命的引导者。或许，霍奇森从唯灵论中汲取了一些启示。

霍奇森笔下的文字似乎有种奇异的魔力，能够让你迅速地穿越进他那神秘的世界。在《幽灵侦探》中，他从未正面描写邪灵的真正面目，但他却利用人物、环境等侧面描写，渲染出那一幕幕令人毛骨悚然的场景，仿佛邪灵此时此刻正在我们面前肆意地张牙舞爪。他对环境的描写极具电影镜头感。上一秒镜头对准身后袭来的窸窸窣窣的诡异冷风,这一秒又突然切换到发出奇怪的砰砰声响的门,下一秒可能又聚焦在风中摇曳的火烛。周围的一切,都被霍奇森以电影切换镜头般全方位地描写出来,让我们无处逃脱,只能怀揣着不安的心,紧张地等待下一秒的到来。同时,他又是如此地擅长"特写镜头",特写下的大簇漫溢的真菌让人无法直视、反胃、恐惧、绝望。种种画面,代入感极强,就像是一块巨大的磁铁,吸引着我们进入霍奇森所营造的神秘世界,与卡拉其感同身受。

英国科幻小说家奇科·基德和澳大利亚作家里克·肯尼特在《奇恩街427号:卡拉其,不为人知的故事》的介绍语中提出了一个问题:托马斯·卡拉其为何令人如此着迷?他们也对此问题做出了回答:霍奇森作品之所以具有持久的吸引力,更多是来自其构建故事世界的超群能力。其实霍奇森笔下所创造的人物形象并没有特别鲜明的性格特点。正是因为他精心构筑的发生灵异事件的环境,不断地吸引着人们的兴趣。这才是恒久的。

阅读《幽灵侦探》将会给予我们一种大冒险般惊险而刺激的体验。每个故事都具有其独特的魅力,让我们穿梭于霍奇森笔下充满超自然力量的灵异而神秘的世界。当开启第一站旅途,来到一座夜晚时分会发出古怪响声的古宅时,好奇心将驱使着我们追逐下去,忍不住跟随着作者的脚步去探寻这邪灵之门的奥秘。霍奇森的语言精准凝练,悬念丛生,让人一边心生恐惧,一边又克制不住想要解密的心情,将案子调查得水落石出。我们将以电五角星符御身,用照相机捕捉蛛丝马迹，一一打卡，勇敢地探寻其中的秘密，体味霍奇森"科学"与"幻想"双重元素的奇妙结合。

勇士们，现在就去集结吧！

Contents

幽灵侦探 1

幽灵缠绕 156

夜之声 190

幽灵侦探

邪灵之门

收到了卡拉其的请帖后,我连忙赶到了奇恩街427号。这次小型聚会同往常一样,不单是几个人一起用餐,还要相互讲述自己的故事。卡拉其是著名的"鬼"侦探,他有不寻常的同"鬼"打交道的经历。我的三位朋友——阿克莱特、杰瑟普、泰勒——已经先到了。过了五分钟,卡拉其也来了。于是,我们五个人心满意足地享用起晚餐。

大家喝完汤后,我说了一句:"这次你出门的时间不长。"但随即我意识到自己的失言了,卡拉其喜欢自己打开话匣子,而不愿意在讲故事之前,有人要求他透露内容,哪怕是一星半点也不行。

"唔。"他应了一声。我立刻转换话题，谈起了自己留意很久的新式猎枪。对此，他赞许地点点头，朝我笑了笑。我主动纠正错误，他感到很满意。

餐毕，卡拉其舒舒服服地躺在一张大椅子里。他点起一支烟，彼此寒暄几句后，话题转到他自己要讲的故事上面。

"刚才道吉森说对了，我只是离开了很短一段时间，而且去的地方也不算远，具体地名就不便相告，只能说离这里不过20英里——实际上，这和我的叙述没有什么关系。我要讲的故事，可以说是本人最危险的一次经历。

"两周前，安德逊先生写来一封信，说想和我见上一面。我们约定了时间，见面后，他说请我调查一起闹鬼案，希望我能把这个一直悬而未决的谜案查个一清二楚。整件事的经过，安德逊先生做了详详细细的描述。我看这件案子很不一般，决定接下来。

"两天后的傍晚，我开车去了那幢房子。这是座老房子，而且位置偏僻。安德逊托管家交给我一封信，信里写了些致歉的话，并叮嘱我可以随意出入这幢房子的各个房间，以方便调查。晚饭时，只有我一个人在偌大的房间里就餐，我边吃边向管家仔细打听情况。这个老家仆有着特殊地位，他对黑屋的历史了如指掌。在与他的谈话中，我对安德逊曾粗略提到的两件事情有了更清楚的了解。第一件事是夜半时分黑屋发出的重重摔门声,管家清楚地记得,每天他都会把门锁好,而且房门钥匙和其他钥匙一起放在储藏室里。第二件事,床单总是会被掀掉,掷到墙角里。

"但是老管家最害怕的是听见夜半时分的关门声。他告诉我,有无数个不眠之夜,他哆哆嗦嗦地躺在床上听着摔门的声音,吓得整夜不敢合眼。有时候门乒乒乓乓响个不停——砰——砰——砰,根本就不可能睡得着。

"之前,安德逊说过,这栋房子已有150多年历史。他的一位先祖,连同他的妻儿,一家三口,不明不白地被掐死在这间屋子里。我认真调查过,他的话完全属实。因此,吃完饭上楼去查看黑屋的时候,我心里颇有几分使命感。

"老管家却深感不安。他一本正经地告诉我,他在这家已经干了20年了,从来没有看见过有人在天黑以后进那间屋子。他以长辈的口气请求我等一等,天亮后再进屋子就没有危险了,而且他可以陪我一起进去。

"我一笑置之,叫他不要担心。我只是四处看看,贴几张封条而已,他完全没有必要担心;处置这类事情,我已经司空见惯了。他听了我说的话,只是一个劲地摇头。

"'先生,这里的幽灵和别处的不同。'管家沮丧地回答。天哪!事后证明他说得一点不假。

"我拿了两支蜡烛,老管家彼特带着他一长串的钥匙尾随其后。他打开房门,但就是不肯进去;显然他有些害怕,于是又一次请求我快点出来。我听了一阵大笑,叫他不妨守在门口站站岗,指不定能把跑出来的不知什么东西逮个正着。

"'那东西从不出房门。'他古板严肃的表情有些滑稽。不过,他这么一说,我倒真觉得屋里阴森森的有些鬼气了。

"我任由他站在外面,自己仔细查看这间屋子。房间很大,布置得富丽堂皇——靠墙放着一张四柱雕花寝床,壁炉和三张写字台上各放了两支蜡烛。虽然屋子的家具陈设完好如新,可处处让人觉得压抑。我把蜡烛一一点燃,房间里才稍稍有了一丝生气。

"仔细地看过一圈后,窗户、墙壁、画像、壁炉和墙柜上都被我贴了封条。我在里面忙着,彼特则一直站在门边,无论如何都不肯进来。我嘴上说着嘲弄他的话,手里拉紧封条,不时四处比画着。彼特偶尔会插上一句:'先生,不要怪我多嘴,您还是快些出来吧。我可不是吓唬您。'

"我叫他不必等我。可是,认定了属于自己职守的事情,彼特是会做到底的。自己走开,把我一个人丢在屋里,这种事他做不出来。彼特彬彬有礼地向我道歉,尽管如此,他还是坚持说,我没有意识到这间屋子的凶险。我见他一直是一副惊恐不安的样子，呆呆地立在房门外。不过，我坚持要把这间屋子布置完成，这样我才能确定进这间屋子的是活蹦乱跳的生灵，还是别的什么东西。我告诉他，等他真的看到或听到什么异样之后再开口也不迟。这间屋子的氛围已经让人够受的了，哪还经得起他一个劲地渲染呢。

"接着，我把封带横拉过地板，固定好。这样，如果有人恶作剧摸黑进屋子，很轻微地触碰，封条就会断开。做完这些事情花费的时间，比我预期的要多得多。这时，时钟敲响了11下。现在该做的差不多都做好了，我大步走向房门，顺手抄起搁在沙发椅上的外套，正要穿上，突然，沉默很久的老管家惊恐地尖叫起来。'先生，快出来！情况不妙！'老天！他尖厉的声音把我吓了一跳。就在这时，左手边写字台上的一支蜡烛突然熄灭了。现在想起来，不知道是不是因为有风吹进来。不过，当时我是吓坏了，慌慌张张拔腿就跑，幸好及时收住了脚。试想，彼特就站在门口，听我说了一大通关于'勇气'的句子，我无论如何都不能这样冲出去。我转过身，拿起放在壁炉上的两支蜡烛，信步走到床边的写字台那儿看了看——什么都没有。我把桌上另一支燃着的蜡烛吹灭，接着又走到另外两张写字台边，把桌上的蜡烛全部吹灭。这时，门口又响起了彼特的叫声——'先生，就听听我的话，快出来吧。'

"'就来。'我嘴里应着，声音却有些发抖。我努力克制住要跑出去的欲望,尽量迈着稳健的步子走出去。快到门边的时候,突然房间里有一阵阵冷风吹过来,我感觉好像是窗子突然开了一条缝。见我走过来,彼特本能地退后一步。'彼特,拿好蜡烛!'我厉声喝了一句,蜡烛悉数丢到他手上。说着,我转过身,抓住门把手,狠狠把房门带上。就在这时,门上有一股力压过来——当然,也可能只是错觉罢了。我把钥匙插进锁眼,转动了两下,加倍小心地把门锁好,才感觉轻松一些。接着我在房门缝隙上贴了封条,将我的名片粘贴在锁眼上。做完这些,我把钥匙放进口袋,和彼特一道下了楼。彼特一言不发地在前面带路,一副惊魂未定的样子。可怜的彼特!直到那一刻,我才意识到在刚才过去的两三个小时里,他承受了多么大的压力。

"午夜,我准备上床睡觉。走廊的另一头是我的卧室,正好和黑屋相对,两头中间隔了五个房间。这样的安排倒也合我的心意。脱衣的时候,我突然想起还有一件事没有做,于是我拿上蜡烛和封蜡,在这五个房间的门缝上抹上蜡,这样,便能确定乒乒乓乓的关门声到底是从哪扇门传出来的了。

"我回到卧室,锁上门,迷迷糊糊睡着了。不知过了多久,长廊上传来一声巨响,将我从酣梦中惊醒。我猛然从床上坐起来,仔细听着,四下里静悄悄的。我摸索着在黑夜中点上蜡烛。就在这时,果然长廊上响起了狠命摔门的声音。我跳下床,揣着一把左轮手枪,打开房门走了出去。我高高举起蜡烛,手指扣住左轮手枪的扳机,站在长廊上。这时,一件不可思议的事情发生了——我站在那,居然一步也迈不了了。你们都知道我不是一个怯懦的人,而且,在此之前,我也参与调查过好几起幽灵案件。但是这次我退缩了,我就是不敢走过去。那天晚上,空气中流动着诡谲的邪气,邪得厉害。我跑回卧室,把门关上并锁好。

"天终于亮了。我洗漱停当,穿好衣服。现在估计有一个小时不再听到关门声了,自己的勇气又一点一点恢复过来——尽管如此,我还是为自己的怯懦行为感到羞愧。其实碰到这种事情,感到害怕是人之常情,也只好一边数落自己的不争气,一边希冀早点天亮。我甚至觉得这不仅仅因为是怯懦在作祟,还有可能是自我保护的需要。不过,经过这一时刻之后,我总是情绪低落。

"现在,天已完全亮了,我打开房门,拿着枪,蹑手蹑脚地走到长廊上。经过楼梯口的时候,突然看到有人走上来——天哪!原来是彼特。他端着一杯咖啡,睡衣胡乱地塞进裤子里,脚上趿着双旧拖鞋。

"'彼特,早!'我向他打招呼,就像迷路的孩子找到了亲人一样,又兴高采烈起来,'端着咖啡准备去哪儿?'

"彼特吓了一跳,咖啡泼溅出来。他目不转睛地盯住我,苦着一张白煞煞的脸,面容十分憔悴。他走上楼来,把托杯递到我手上。'谢天谢地,您平安无事。'彼特高兴地说,'我还真担心您会冒险去黑屋呢。

那扇门乒乒乓乓响了一晚上,我一直没敢合眼。熬到天亮,我想着给您冲杯咖啡送过来。您肯定要去查看那些封条,先生,我陪您去,两个人总比一个人安全些。'

"'彼特,'我有些感动,'你真是个大好人,替我想得很周到。'我喝完咖啡,把杯子递还给他,'来吧。我正想见识见识那些邪魔外道的能耐。夜里去,我还没这个胆子呢。'

"'先生,幸亏您没去!'彼特回答道,'血肉之躯怎么能去和恶魔对抗呢?天黑以后,黑屋就成了魔鬼作祟的舞台。'

"我一路走过去,查看过道上几扇门上的封条,都没有动过;只有黑屋门上的封条断了,但是锁眼上的名片还在。我把名片撕下来,小心翼翼地走了进去。环视四周,并没有看到什么可怕的东西。丝丝缕缕的光线照进屋子,我检查了所有的封条,一根都没有动过。彼特跟在我后面走进了屋子,'看!'突然他惊叫起来,'那张床单。'

"我跑过去一看,果然床单堆放在床头左手边的拐角里。天哪!我觉得十分蹊跷。确实有东西进过这间屋子。我紧张地看看床,又看看地上的被单,心中有说不出的嫌恶,然而彼特似乎已经习以为常了。他走过去,跟20年来每天做的一样,准备把被单拾起来。我叫住他,因为在勘察结束前,我不想有人碰屋子里的任何东西。我花了一个小时来检查这间屋子,查完后,就叫彼特整理了一下床铺,接着我俩走了出来。离开时我锁紧房门。说实话,这间屋子搅得我心神恍惚。

"散了会儿步,吃过早饭,我感觉精神振奋了很多。于是我又去了黑屋。彼特和一个女仆帮我把屋子里的所有东西——除了那张床——全都搬了出来,连那些画像也没有留下。我拿着探测器、小锤和放大镜仔仔细细检查了墙壁、地板和天花板,却没有发现什么可疑之物。由不得你不信,某些不可思议的事情确实发生过。我在屋子各处贴上封条,锁好门,和昨天一样,在门缝上贴上封条。

"吃过晚饭,彼特帮我把带来的工具整理出来。我在黑屋的对面装好一架相机和闪光灯,在闪光灯和房门上系了根细线,这样,房门一打开,闪光灯开关就会同时按下,第二天清晨,说不定就会看到一张惊人的照片。临走时,我特意打开了镜头盖。因为准备半夜起来,回到卧室后,我调了闹钟早早睡下了。房间里烛火曳曳,半夜无语。

"12点钟,闹铃响了。我穿上睡袍,朝睡袍右边口袋里放了一支左轮手枪,趿着拖鞋走了出去。我轻轻拨开遮光提灯的滑片,好让光线更亮一些。大概向前走了十几步,我把提灯放下来,有灯孔的一面对着长廊,这样,走廊上任何风吹草动都能一目了然。过了一会儿,我往回走,坐在卧室的门槛前,抱着枪,神情紧张地注视着照相机镜头对着的地方。估计等了一个半小时,我突然听到,走廊尽头窸窸窣窣的有些响动。顿时,我感到头皮一阵发麻,手心沁出汗来。紧接着,只见闪光灯的白光闪过,后半个走廊被照得亮如白昼,很快,光线又暗了下来。我竖起耳朵倾听,心绪不安地注视着长廊,竭力想看清楚微息的灯光照得见的地方。我倨着身子,急切地听着、看着,突然黑屋的门乓乓乓乓地响起来,这声音穿透了整个走廊,回荡在空荡荡的宅邸里。不瞒各位,我心里怕得要命——身子软成了一摊泥。那是种最原始的恐惧。我惊恐不安地四处看着、听着。房门又开始响起来——砰——砰——砰。突然,房门不响了,四周静得连一点声息也没有,这种死一般的静寂真叫人觉得毛骨悚然。我隐隐觉得走廊里某个地方藏匿着一股恶的潜流,正悄悄地袭来。灯——突然灭了,团团的黑暗包围上来,我顿时惊得跳起来。就在这时,离我极近的地方响起一声诡异的低吟,我惊叫着退回房间,迅速关上门。我坐在床上,惶恐地盯着房门。左轮手枪紧紧地握在手上,但它犹如一件笨拙无用的铁具。我知道那东西就在门外,软绵绵地蛰伏在门缝边,渗进来,渗进来……我不知道这些念头是如何跑到我脑子里来的,但我确确实实感受到了。

"接着,我稍稍镇定了一下,匆匆用粉笔在打蜡的地板上画个五角星符;我坐在里面,一直熬到天亮。长廊上,远远地又传来乓乓乓乓的关门声,一下一下,每隔一段时间就响一次,听得人毛骨悚然。长夜如此漫漫……

"当天边透过一丝曙光,摔门声也随之渐止渐息。趁着曙光熹微,我跑出门把镜头盖合上,说实话,我心里怕得要命,但若不去的话,胶片就会尽数报废,保存照片的愿望压倒了一切恐惧。我回到房间后,就把五角星符擦掉了。

"半小时后,有人敲门——彼特给我送咖啡来了。喝完咖啡,我和彼特一起去了黑屋。经过长廊的时候,我特意又看了看过道上五扇门缝上的封条,它们都原封不动地贴在门缝上。但是黑屋的封条有人动过,系在闪光灯开关上的细绳也被扯断了,只有锁眼上的名片还在。我撕下名片,打开房门望进去,除了那张床,屋子里并没有任何异常之处。还跟昨天一样,床单揉成一团堆放在墙角边。这一切显现着说不出的诡异。

"我转过身看着彼特。他看看我,朝我点了点头。

"'我们出去吧!'我说,'若非三头六臂,还是不要待在这间屋子为妙。'

"我们走了出来。我把门锁好,贴上封条。

"吃罢早餐,底片也冲出来了;照片上只能看到一扇半掩着的门。我决定出去一趟。今晚我打算在黑屋过夜,因为不论是为人身安全考虑,还是自我精神安慰,都有必要再多拿一些物件过来。

"大约五点半,我带着大小物件,坐计程车回来了。彼特帮我把这些东西搬进黑屋,我把物件很小心地堆放在房间正中的地板上。所有东西（包括一只装在篮子里的猫）都放妥后，我锁好门，贴上封条，然后回到自己的卧室，告诉彼特我不准备下楼吃晚饭了。'好的，先生。'彼特走下楼梯。他一定以为我想早点睡觉，我也乐于他这么认为。如果彼特知道我的计划，他一定会担心得一整晚都不敢睡觉。

"我从卧室里拿起照相机和闪光灯，匆匆回到黑屋，然后锁上门，并在门缝上贴好封条，开始工作——必须在天黑之前把一切准备工作做好。

"我先是扯掉了地板上的封条，接着把拴在篮中的黑猫放到墙边。我回到屋子中央，估算出一块直径约为二英寸的空地；我在上面铺上海索草，又小心翼翼地用粉笔画了一个圆圈，尽量注意着不要踩在上面，我最后绕着圈子放了一串大蒜。接着，我从堆在屋内的贮备物中翻出一个小水罐，把外面的羊皮纸撕开，拔出塞子，将手指伸进罐子，蘸水在粉笔圈的内侧画出个萨玛族宗教仪式的第二标识，并在每个标识中间画了一个新月弧。完成之后，我感到轻松很多。我又陆陆续续地取出另外一些物件，在每个新月弧的'谷底'都放上一支燃着的蜡烛。之后，我画了一个五角星，它的五个顶点正好抵住粉笔画的圆圈，接着在上面放了五份用亚麻布包好的面包。我用画水圈的圣水倒进五只开口杯里，将它们一一摆在五角星的五个角上。瞧，我的第一道防护屏完工了。

"如果不是各位对我查案的手法有所了解，一定会说这是愚昧迷信的巫术。你们还记得黑面纱案吗？就是这样的保护符救了我的命。当时，和我一起的阿斯特很是看不起这么个东西，不肯进来，结果丧了命。我是从14世纪斯各桑德字迹模糊的手稿里获得这个灵感的。起初，我自然只把它视作中世纪的巫术。一年以后，我在调查黑面纱案时，突然想起它的御身术来，于是决定试试看，结果如何，大家也都知道了。在以后的几起案子里，这样的五角星符都是屡试不爽。不过它也不是十全十美的，调查移动的皮毛案时，我差一点儿在五角星符里丧了命。那件案子之后，我偶然看到了加德教授做的灵媒实验。灵媒周围通上电后就失去了法力——电流好像把五角星符和灵界完全隔开了。我受到很大的启发，渐渐有了电五角星的想法。之所以沿用五角星的外形，是因为本人对古老魔符的神奇法力深信不疑。20世纪的人会有这种想法非常奇怪，是不是？不过各位也都了解，我不曾也从来不会被那些粗俗的嘲弄冲昏头脑。我相信自己看到的，而且用心思考。

"毫无疑问，这次我要对付的是阴界的凶灵。性命关天，半点也不能马虎。

"接下来开始安装电五角星。我将真空管和画在地板上的五角星点对点，角对角，严丝合缝地对好。通电后，弯弯曲曲的真空管里立刻透出蓝荧荧的光芒。

"我环顾四周,轻轻吁了一口气。窗口透出暝曚的微光,已到晚上了。空荡荡的大屋子里,烛火和电光交映双重保护符的周围,流荡着非人间的气息。这种气息变得越来越强烈,连呼吸的空气里都能感受到蛰伏的阴气。房间里处处弥漫着浓郁的大蒜气味,我憎恶的一种气味。

"我转而查看照相机和闪光灯,接着又试了试那把左轮手枪,其实,我并不指望它能派上多大用场。如果机缘巧合,超自然物显形不是没有可能,毕竟,其附着的肉身能显现多少,对此,谁也不敢妄下断言。我对自己将要看到的,不如说是只能感受到其存在的魔物是一无所知——或许自己要和一个现形的怪物肉搏,所以只能尽量做好准备。我一刻也不敢忘记,就在旁边的这张床上,曾经有三个人被活活掐死,而且那猛烈的摔门声仍是声犹在耳。我确信自己这次着手调查的是一起凶险而又令人作呕的案件。

"现在天已经完全黑了,烛火将房间照得亮堂堂的。我不时地回头,目光紧张焦急地逡巡着整间屋子,等得都快发疯了。突然,我感觉到身后袭来一股微细的冷风,我打了个寒噤,迅速地转过身来,直愣愣地盯着那股诡谲的阴风吹来的方向。风是从床左手边的拐角里吹出来的——就是接连两天早晨堆放床单的地方。但就是什么都看不见,没有,什么都没有!

"突然,我惊觉忽明忽暗的烛光火焰在阴风中已是岌岌可危。有很长时间，我只是伏着身子，直愣愣地呆望着。我无法形容出置身在一股一股阴森森风中的惊惧感受，烛光火焰一闪一闪的。突然，星符外围的蜡烛全都熄灭了。我锁在这间屋子里，陪伴我的，只有电五角星发出的微弱的蓝色荧光。

"风还在不停地吹，我感觉角落里有什么东西在动。倒不是说我真的看到或是听到了什么，实际上，当时屋子里只有电五角星发出星星点点的微光，周围景象看得很不真切。我瞪大了眼睛，突然面前出现了一个浮动的黑影，颜色比周围的阴影要深些，很快它就消失不见了。我紧张不安地四处巡视着，预感有新的危险，最终那张床吸引了我的注意力。床上的罩布一点一点缓缓地卷，翻卷中带着一种说不出的诡秘危险，我当时甚至能听到布匹撕扯发出的沙沙声，但就是看不清是什么东西在牵扯床单。这时，我的思维反倒变得清晰起来，近乎滑稽，我平静地感受着自己内心里所起的点滴变化，渐渐地，恐惧攥住了我的身心，手心沁出了冷汗。我下意识地把枪换到左手，右手不断地在膝盖上来回擦拭着，不过，我的目光和注意力自始至终从未离开过那翻卷的床单。

"床上窸窸窣窣的声音突然停了下来，四周静得叫人发慌，恍惚中，我似乎能听到血液奔涌到大脑发出的汩汩声。仓皇之中，我想起了那台照相机，于是一边忐忑地注视着床上的动静，一边伸手去拿相机。

说时迟那时快，只见整个床单猛地被撕扯起来，'嗵'的一声扔进了拐角里。

"接下来的一两分钟，房间陷入了死一般的沉寂。各位可以想象当时我有多么害怕。床单被恶狠狠地摔到地上；我亲眼看见了这幕暴戾的行径！

"突然，我听到门边传来很轻微的声响，接着地板上响起轻柔的落地声。我惊恐地发现门缝边上的封条已经断了，那东西要进来了。不过，我看得并不真切——到底有多少是我确确实实看到的，有多少是我想象出来的，我也说不上来。在我眼里那扇门和灰墙模模糊糊连成了一片。团团黑影当中，只见一些不成形的鬼影在飘荡、移动。

"我猛然警觉房门在一点一点地打开。我费力地去拿相机，还未等我对好镜头，房门'砰'的一声关上，整间屋子里回荡着惊雷似的巨响。我像个受了惊吓的孩子一样跳起来。这个声音里蕴涵着无比巨大的力量，俨然昭示着某种暴戾的邪灵就要出来了——这么说，不知各位能不能明白？

"之后，房门没有再动过。过了一会儿，我听到那只装猫的篮子发出吱吱嘎嘎的断裂声。不瞒各位，我当时感觉到身子一点点地僵硬起来——马上就能断定进来的这个东西会不会残害生灵了。突然，那只猫发出一声凄厉的长嚎，叫声戛然而止，我迅速按下闪光灯，但还是太迟了；按下闪光灯的瞬间，我看到那只篮子打翻在地，盒盖扔在一旁，已经被踩得不成样子；那只猫的肚肠流了一地。尽管能看到的仅限于此，但足以确定自己要对付的是有着摧毁力的凶灵。

"接下来的两三分钟里，房间异乎寻常地安静下来。你们大概还记得我刚刚按了闪光灯，强光刺得我睁不开眼睛，黑魆魆的屋子里只看得到五角星的荧光在闪烁。我跪在星符里，心惊胆战地四处张望，竭力想看清楚是不是有东西潜伏在周围。

"渐渐地，我的视野变得清晰起来，我镇定下来，突然发现了要找的东西。它匍匐在水圈的外围，好像一只巨型蜘蛛的鬼影，悬浮在空中，极其诡异地蠕动着——很大，但只是模模糊糊的一团。那东西急速地绕着圈子，似乎急于找到五角星符的突破口冲进来，但每每只能惊着退回去，就像我们自己触到发红的炉架一定要将手抽回来一样。

"那东西绕着圈子转动着，我紧紧盯住它。突然它悬浮在五角星的一个对角里，好像要阴谋酝酿一次大的进攻。现在，它几乎要越过闪闪发光的真空管，带着定要摧毁一切的凶焰，径直朝我扑过来。我跪在地上，左手撑住地，拼命地往后躲闪；与此同时，我拼命舞动着右手，去抓那把不慎滑落下来的左轮手枪。那怪物迅猛地越过覆盖着大蒜的'水圈'，就要冲进星符里面。我尖叫起来，那东西就像被某种看不见的强大魔力蜇着了一样，急急地退了回去。

"过了很久,我才意识到自己是安全的。我坐在五角星的中央位置,失魂落魄地四处张望着。尽管那东西又消失不见了,但是至少我现在知道,出没这间屋子的幽灵是一只丑恶的巨手。

"我踞伏在那儿,发现了那怪物有机可乘的缺口。刚才走动的时候,一定是碰到了某个水杯,护卫着其对应星角的那个杯子移到了一边,这样,五个星角的一个'门户'就完全敞开了,那恶魔就是从这里找到进攻点的。我极其迅速地将水杯归回原位,暗自庆幸自己又安全了——我找到了纰漏所在,证明'防护圈'仍是完美无缺的。现在我只想天赶快亮起来,那怪物差一点要了我的命,很难说这个'防护圈'能保我一夜平安无事。这种感受你们能理解吗?

"有很长一段时间,那只手不见了踪影。偶尔在门边可见鬼蜮的影子恍恍惚惚地闪动;一阵沉默过后,好像要把心中的恶意出尽似的,那只死猫的尸体被托了起来,接着又被重重地摔在坚硬的地面上,一下一下,房间里充斥着这空洞、令人作呕的摔击声,令人头皮发麻。

"过了一分钟,房门开了,接着又猛地一下关上。紧接着,那怪物恶狠狠地从阴影里迅速扑过来,我机械地侧过身子,一不小心碰到了电子管——不知什么时候,我粗心大意地把手放在了上面。这个无意之错差点酿成大祸,让凶灵能够再次越过外围保护圈,所幸的是,它被电流击中甩了出去。无须隐瞒,我蜷缩在一旁,身子瑟瑟发抖。我慢慢挪到五角星的中间位置，双膝跪地，尽可能地把身子蜷成一团。

"我跪在地上，隐隐觉得那怪物有机可乘的两件事颇有些蹊跷。是不是因了'魔魇'的'蛊惑'，才会生出诸多是非，令自己一而再地身陷险地呢？我无法摆脱这个想法，只能小心翼翼地注意着自己的每一个动作。我伸出一条蹲乏了的腿，竟然意外地又碰倒了一个水杯，水泼了出来。幸亏我眼明手快，迅速把杯子扶起来放回原地，里面的水才没有全部泼出来。即便如此，那只半隐半现的巨大黑爪还是从它隐匿的阴影里伸出来，眼看就要抓到我的脸，又一次地，那股无比巨大的神奇力量将它打了出去。极度惊吓之后，我魂飞魄散地坐着，随之而来的是精神上的萎靡——好像心中那些美好的情感已被掏空，只能感受到非人间的阴气在一点点地逼近。这种情感上的沉沦，比任何肉体遭受的苦痛都要可怕。随着危险的逼近，我的感受也随之加深。有很长一段时间，我只能听任盘踞心头的魔魇肆虐，无法摆脱它的控制。

"我跪在五角星的中央位置，越发小心地注意着自己的一举一动，我心里很明白，如果不时刻提防着那突如其来的躁动，自己随时都会丧命。现在想起来我还是心有余悸。

"后半夜，我陷入这种恍恍惚惚的惊悸里不能自拔，甚至无法灵活自如地行动。想到一举手一投足都可能引诱邪灵袭击，我就不寒而栗。那丑恶的怪物不停地在圈外逡巡着，做着种种侵袭的努力。那只死猫的尸体两度惨遭践踏,第二次的时候,我能听到死猫的每一根骨节都被捏得粉碎的声音。一阵阵阴风不停地从床左手边的角落里吹过来。

"天边出现第一道曙光的时候,风突然止住了,那只鬼手也不见了踪迹。天色一点一点地亮起来,屋子里透进丝丝缕缕的光线,电五角星的微弱荧光越发显得阴森可怖。直到天完全亮了之后,我才敢试探着走出五角星符;风停得实在很突然,不由得叫人疑心那不过是引诱我出来的诡计。

"终于等到黎明的霞光照进来,我扫视四周,然后冲向房门,哆哆嗦嗦地打开门,胡乱锁好后回到了自己的卧室。我躺在床上,竭力让自己平静下来。过了一会儿,彼特端着咖啡进来了。我喝下咖啡,告诉他昨夜我一宿没睡,现在想补睡一觉。彼特端着托盘轻轻走了出去。我锁上门,躺到床上,慢慢睡着了。

"我一觉睡到中午才醒,吃罢饭,就径直去了黑屋。我关掉匆忙中忘了关上的电源,接着把那只死猫的尸体扔了出去。各位可以想到,我不想让任何人看到这血肉模糊的尸体。之后,我仔仔细细搜索了堆放床单的那个角落。我先在角落打了个洞,把探测器伸进去,结果一无所获。于是我想不妨试试金属钓线,我试了试,果然听到了金属碰到金属线的声音,我赶紧转动杆头,试着把那东西钓上来,转动第二下的时候,我钓到了。很小的一个东西,我拿着它走到窗边看,是一个样子很怪的金属指环。与众不同的是，这只指环是星形的，它的形状和神奇的五角星符很像，只是少了五个角；指环上没有任何雕饰过的痕迹。

"我能肯定,握在我手中的这只指环就是安德逊家族赫赫有名的'幸运指环'。事实上，这只指环一直和幽灵出没有着千丝万缕的联系。它是这个家族世代相传的东西——依照他们古老家族的传统——每一个男性继承人都要发誓永不佩戴这枚指环。说起来，它还是一位十字军士兵在极其偶然的情形下得到的，这里就不做赘述了。

"事情的原委是这样的。安德逊的一位先祖，血气方刚的胡尔伯特爵爷，一次喝醉了酒，和别人打赌说会在当天晚上戴上那枚戒指。他戴了，结果就在我站着的那间屋子里，躺在那张床上的妻子和年幼的孩子，死得直挺挺的。自然，许多人认为是年轻的胡尔伯特爵爷酒后乱性，掐死了自己的妻孩。为了证明自己的清白，爵爷在那间房里过了一夜，结果他也被掐死了，从此就再也没有人敢在黑屋里过夜……我算是第一个这样做的人。之后，那枚戒指就失踪了，久而久之，人们把这事引为奇谈怪论，没想到，现在这枚戒指就握在我的手里，真是不可思议！

"我注视着这枚戒指，突然有了一个奇怪的想法。如果这枚戒指，怎么说呢，假设它是一个通道，灵界与尘世之间的豁口——这么说能明白吗？我知道，这个想法很怪，但如果不是有这么多迹象表明如此，我也不会这么想的。瞧，风是从存放戒指的角落里吹过来的，这一点很有启发性。还有，戒指的形状——去角的星形。没有'角'，斯各桑德在著作里写道：'五个角是五个安全之门，没有角则意味着魔鬼的力量，是邪灵的福佑。'瞧，指环的形状很耐人寻味，我决定检验一下自己的想法是否正确。

"我擦掉地上的五角星，因为只有环绕着被保护人新画的符才能起作用。我走出去，锁上门，然后离开了那栋房子，准备再去取一些圣水、海索草之类的东西回来，这些东西也只能使用一次。大约七点半，我赶回来了。彼特帮我把带来的东西统统搬上楼，之后，跟前一天晚上一样，我把他打发走了。看他下楼后，我闪进那间房，锁上门，贴上封条，然后走到屋子正中，麻利地环绕着我和那枚戒指画起新的保护符来。

"各位，记得我有没有说起过这么做的原因。我是想，如果这枚戒指真的是'灵界的入口'，我将它带进五角星符，就等于是把它和外界隔离了。邪灵只能待在保护符的外面，无法借助'通道'现形，就不能兴风作浪了。

"刚才说到我飞快地在自己和指环周围建上防护网，其实，现在才着手防护措施已经有些晚了，而且，我预感到今晚一定会上演一场争夺戒指的恶战。我确信这个戒指是邪灵显形的必要工具。待会儿你们就会知道我的想法是否正确。

"一小时后才算完工。我看到电五角星惨白暗淡的荧光再次在自己身边闪亮，心里感到很安慰。接下来的两个小时里，我静静地对着起风的那个角落坐着。大约11点钟，我恍惚觉得就在自己的周围，有什么东西一点一点地逼迫过来。不过，接下来的一个小时里，什么事也没有发生。不知过了多久，突然一股诡谲、强劲的冷风吹来，令人惊奇的是，这回风是从背后吹过来的，我战战兢兢地转过身，风径直打到我脸上——它是从我身后的地板上吹来的。我心中顿时升起新的恐惧，我瞪大了眼睛盯着地板。天哪！我到底做了些什么！那枚戒指就在那儿，紧挨着我，是我把它放在那儿的。我迷迷糊糊地瞪大眼睛瞧着，看到有团团鬼魅的黑影在戒指上面蠕动，立刻意识到这枚戒指有些古怪。我呆呆地望着，想到风是从戒指上吹来的，在轻舞摆动的重重黑影中间，缕缕诡异的烟雾正源源不断地从戒指上溢出。我猛然醒悟自己随时都有性命之忧；现在，扭动在戒指周围的黑影慢慢成形，隐隐现出巨爪的模样。老天！你们能想象吗？我把'入口'带进了五角星符，怪物通过它——好像气流通过管道口一样，恣意妄为地来到尘世。

"想必我当时是吓傻了，就这么痴痴傻傻地跪着，突然醒悟过来，奋不顾身地扑向那枚戒指，想把它扔到五角星符外面去。但就像魔鬼附身一样，这只戒指左躲右闪，一次次地从我手边滑走。我好不容易把它抓到手里，一股令人难以置信的强大力量又把它从我手中夺走了。接着，戒指上面笼罩的巨大黑影慢慢地升到空中，恶狠狠地扑过来，我看到那是一只完全显形的巨手。我尖叫着跳出五角星符和外围一圈燃烧的蜡烛，拼命地往房门口跑。我慌慌张张地掏出钥匙，房门半天都打不开，我近乎绝望地频频回头——望着那只巨手恶狠狠地抓过来。实际上，指环不在五角星符里，邪灵是无法进入星符的；同样的道理，指环在五角星里面，邪灵就无法出来。现在这怪物已经被死死困在里面了。

"我当时模模糊糊地想到了这点，但已被吓得丧魂落魄，不能细想。等到钥匙转开房门锁后，我慌忙地跳到长廊上，'哐'的一声把门关上、锁好，然后回到了卧室。

"我浑身上下颤抖不止，连站立的力气都没有了。我把自己锁在房间里，哆哆嗦嗦点上蜡烛，然后躺在床上，就这么静静地过了一两个小时，我慢慢平静了下来。

"我小睡片刻，彼特送咖啡进来的时候，我醒了。喝下咖啡，我感到精神了很多，这时，我拉上彼特一起去看黑屋。打开门，我朝里面看了看，蜡烛还未燃尽，模糊的烛光在白日的天光下愈显昏暗。烛火后面，是星星点点的电流微光。电五角星符的正中，放着那枚戒指——

凶灵的出口，现在一动不动地躺在地上，看上去和别的戒指并没有什么两样。

"见到屋子里没有被动过的痕迹，我确信这怪物再也不能从五角星符里逃逸出去，于是我放心地走开，把房门锁上了。

"我又睡了几个小时，然后出去了一趟。下午，我带回一个喷火筒，两桶汽油。我把这些东西搬进黑屋，在电五角星符中央点了一把火。五分钟后，那枚幸运指环，曾经给安德逊家族带来幸运，如今却沦为魔咒的指环，顷刻之间只剩下一点余烬。"

卡拉其在口袋里掏了一阵，拿出一个小纸包来。他递给我，我打开纸包，看到里面放着一枚浅灰色的小圆环，有点像是铅做的，不过比铅要重一些，也更亮一点。

我反复看了半天，然后依次递到其他人手中。"就是它吗？"我问道，"是不是以后再也没有闹过鬼了？"

卡拉其点点头说："是啊，我走之前又在黑屋里睡了三个晚上。彼特知道后差点昏厥过去。到了第三天，他似乎也醒悟过来，这间房子已经恢复正常了。不过，我知道他心里还是有些半信半疑。"

卡拉其站起来，和我们一一握手道别。"走吧！"他温和地说。于是，我们回味着刚才听到的故事，回到各自的家中。

受诅咒的凶宅

大家安静地吃好便饭之后，便在他那舒适的餐厅里坐了下来。"我要给你们讲个神奇、诡秘的故事。"卡拉其开门见山地说道。

"我刚从爱尔兰西部回来，"他接着说道，"我有一位朋友叫温特沃斯，最近很意外地得到一份遗产，除了一大笔财产外，还有一处叫甘宁顿的庄园，离柯伦顿村有一里半左右的路程，已被荒置了多年，据说常有鬼魂出没，闹鬼的房子多半是落得这种下场。

"温特沃斯去接收地产时，见那宅子年久失修，根本无人照看，孤零零一派落魄景象。他告诉我，在空荡荡的、久无人气的大房子里转悠，感到浑身不自在。当然，独自一人在房子里走动，自然而然地会生出阴郁的感觉，但也仅此而已，没什么其他异常。

"他巡视了一番后就回到了村里，想见见曾经是庄园的代理人，打算安排个看门的。代理人是个苏格兰人，他十分乐意能再次管理这份产业，但又向温特沃斯说，他保证，绝对没人会去那儿看门，作为庄园的代理人，他建议推倒老房，重建新宅。

"这话自然令我的朋友大吃一惊，温特沃斯和代理人一同向村里走去，边走边询问其中的缘由。原来，这座庄园早先叫兰德卢城堡，曾经怪事不断。最近几年中，对这鬼屋的恶名一无所知，外面来的两个流浪汉，大概乐得在这宽敞的大房子里白住一宿，结果两人都横尸在入门的大厅里，身上均无任何暴力痕迹，死因不得而知。

"说着说着，他们到了温特沃斯住的小客栈。他对那代理人说，这简直是一派胡言，他就要独自一人在房子里待一两夜，向大家证明，流浪汉的死虽说有些蹊跷，但也不足以说明真是什么鬼怪在作祟，本来就是两件毫不相干的事情，村民却活生生地将两件事联系在一起，传来传去。不过，在柯伦顿村这类小地方，这倒也可以理解。流浪汉总是要死的，要么在这里，要么在那里。多少个流浪汉都碰巧死在空房子里，因此这两个人死在庄园里根本说明不了任何问题。

"代理人听了这番话很是紧张，他和客栈老板爱尔兰人丹尼斯，左一句'看在您灵魂的分上'，右一句'看在您性命的分上'，都诚心诚意地极力劝阻温特沃斯万万不可这么想。

"正值风和日丽的午后，阳光明媚。温特沃斯说，当时听着他们郑重其事地絮叨这些无稽之谈，觉得真是愚蠢至极。他浑身充满勇气，决意当晚就去那房子里住下，打破所谓闹鬼的传言。他向那两位讲明了自己的想法，并说如果他们能一同前往，则更有说服力，而且还能令他们扬名。我肯定，可怜的丹尼斯听后一定目瞪口呆，张口结舌，而代理人塔比特则是沉默不语，一脸肃穆。

"温特沃斯当真要去那住一晚。正如他所述，夜色渐浓时，事情就开始变得棘手了。

"村民们得知了他的意图,就聚拢在一起为他送行。他带着枪和一大包蜡烛,向村民们讲明,谁都别想跟他玩什么把戏,他'一看到'任何东西马上就会开枪的。不过,他当时已隐隐感到村民们有多么紧张不安,有位老者牵着一只高大的牛头獒交给他,让它与他做伴。温特沃斯拍拍手中的枪,表示没有必要带狗去,老人却摇摇头说,这家伙或许能给他提个醒儿,让他有充裕的时间逃离城堡。显然,老人认为枪械是派不上用场的。

"温特沃斯收下狗,谢过老者。此时,他有些后悔,不该那么斩钉截铁地说一定要去,不过事已至此,只好硬着头皮去了。他穿过送行的人群,走远了,回头看时却发觉人们已汇成一队,尾随着他,一直到庄园,还跟着他巡查了整个庄园。

"巡查过后,还未完全入夜,刚近黄昏时分。人们站在路旁犹豫不决,似乎不忍心把温特沃斯一人丢下离去,温特沃斯当时也想和他们一道回去。他跟我说,要能回去,他宁愿出50镑。忽然,他心生一计,提议大家和他一起在这里过一夜。起初人们都不肯,都劝他一块儿回去。不过,他最后策划让大伙先回客栈,取十几二十瓶威士忌,用驴子驮上泥炭和柴火,再回到这里,然后,在壁炉里生一堆旺火,在四周摆上所有点燃的蜡烛,开怀畅饮,狂欢一晚。感谢神灵!大家都同意了!

"不久,人们就按他吩咐,用驴子驮着东西从小客栈返回到庄园,四处燃起烛火，分发威士忌。丹尼斯一直在竭力阻止温特沃斯再回到庄园，但他很有自知之明，觉得再说也是徒劳，就不再作声了。你瞧，他可不想吓得别人不肯跟温特沃斯一起返回庄园。

"'先生啊，我跟您说，'丹尼斯对他说，'别白费劲了，您根本就压不住这闹鬼的城堡，它被冤魂的血诅咒过。您最好还是拆了它，重盖个新的。要是您非得在那儿蹲一宿，大门可千万开着，留神是否会有血滴落下来，只要看见一滴就赶快逃跑，即使全世界的金子都给您，您也千万别再留下来。'

"温特沃斯问他，血滴是怎么回事。

"丹尼斯答道：'那当然就是奥尔哈拉家族人的血了。这可是世仇啊！很久以前，奥尔哈拉家族的人来此地做客。黑米克假装重归于好，用美酒佳肴款待，哄得他们信以为真，同他一道住在庄园。到半夜，黑米克和他手下人一起动手，杀死那些来此做客的人。有70个人呐，全都被杀了。从此以后，人们都传说，谁在有血滴的夜晚在此过夜，谁就必死无疑。烛火会先被弄灭，漆黑一片，就连圣母都难护着你呀。这些事，从我爹的爷爷辈起就知道了。'

"温特沃斯跟我讲，他听了哈哈大笑：听到这种鬼话你就该笑，不管事实上你心里到底是怎么想的。他问丹尼斯是否认为他会相信这些。

"'是啊先生。'丹尼斯回答说，'当然是想要您相信了，上帝保佑，您要是相信的话，明天早上以前就能平平安安地回来。'这份真诚朴实深深打动了温特沃斯，他不禁主动上前和丹尼斯紧紧地握手。尽管他很害怕，但还是上路了。我真是佩服他的神勇。

"大约有40个人去了庄园——村民称作城堡的地方。很快就生起一大堆火，大厅里到处点上了蜡烛。人人手执棍棒，以此对付任何有形实物，温特沃斯自然是揣着枪。出于大家能保持头脑清醒的考虑，他一直看管着威士忌酒，不过，还是先给所有人喝上一小杯烈酒，使气氛活跃起来。如果这样一帮人不能沉寂下来，他们就会胡思乱想的。

"他把丹尼斯的话多少放了些在心上，命令敞开大门。现在夜深人静，烛火稳稳地燃烧着，大家在微醉的愉悦中度过了大约三个小时。温特沃斯又打开了好几瓶酒，大伙儿越发兴高采烈起来，有个男人甚至狂喊着让鬼魂现身吧。这时，怪事发生了：仿佛有一只无形的手，悄无声息地缓缓推动着沉重的大门，'砰'一声门猛地关上了。

"温特沃斯瞪大眼睛，浑身冰冷。想到其他人，他突然回头望去，有几个已停止交谈，眼神惊恐地盯着大门，大部分人却还没注意到，谈兴正浓。他刚刚端起枪，就听见牛头獒发出令人毛骨悚然的一声号叫，所有人都听到了。

"我应该告诉你们，大厅是长方形的，南面的墙壁上全是窗子，北面和东面则都是一排房门，通向房子内部，高阔的大门占据着西墙。

墙上的房门都闭着,狗朝北面的一扇门冲去,但又不敢靠近。突然,那扇门开始慢慢地打开,走廊的黑影从里面逐渐显现出来。那只狗逃回到人群中间,呜咽着。顿时,一切都没了声响。

"温特沃斯从人群中走出一步,举枪瞄准了那扇门。

"'谁在那儿,快出来,不然我开枪了。'他喊道。但对面没有动静。他对着暗处连发两枪,枪声像是信号,北面和西面墙上的门都同时慢悠悠地打开了。人们惊恐万状地盯着空洞的门廊。

"温特沃斯迅速装好子弹,喝令狗冲上前去,那畜生却一个尽儿往人堆里钻。温特沃斯说,狗的恐惧比其他任何东西都使他更加惶恐。怪事发生了,大厅角落里的三支蜡烛灭了,随即,其他地方的五六支也灭了。蜡烛一支接一支熄灭,大厅四处角落黑魆魆的。

"人们都握着棍子站立在一起,没人出声。温特沃斯说他当时都快吓瘫了,我能体会到那种感觉。突然,什么东西溅到左手背上,他举起手一看,一大块红色的液体从手指滴滴答答地流下。身旁的爱尔兰老人见此情景,失声惨叫道:'血滴!'众人听见,回头观看,又有同样的东西也滴落在他们身上。四周一片惊厥的喊声:'血滴!血滴啊!'即刻,十几支蜡烛同时熄灭,大厅立即漆黑一片。又听得狗一声凄厉的哀号,人们直愣愣地站着,默无声响。终于,有个男人冲向大门,人们顿时跟着乱成了一窝蜂,大家猛力挤开大门,仓皇逃入夜幕之中。

身后的大门又砰地关上了,温特沃斯随着人群沿河岸狂奔,他听到了狗的号叫,狗一定被关在里面了,可又有谁敢再回去救它呢?这点我是可以理解的。

"第二天,温特沃斯就派人来请我,他听说过,我曾破获尖塔怪兽的案子。我乘晚班的邮车到达,同他一起住进那间小客栈里,翌日,我们就去那座老庄园。庄园荒芜凄凉,但最令人惊讶的是,房子周围密密麻麻长满了月桂树丛,覆盖了整个庄园。房子好似从一片月桂绿海中突兀而出,配上老式建筑狰狞可憎的模样,整个庄园阴湿瘆瘆,鬼影绰绰,白天都尚且如此,夜晚就可想而知了。

"大厅很宽敞,光线充足,我没有感到有什么异样。你瞧,我已经被温特沃斯讲得紧张过头了。更蹊跷的景象出现了,那只大牛头獒的僵尸横卧在地上,脖颈折断。我意识到事情的严重性,无论这是人力还是超自然力所为,终归是性命攸关。

"温特沃斯端枪守卫在旁边,我在大厅里搜索。酒瓶酒杯倒了一地,蜡烛东倒西歪,粘在地面的蜡油上。简单的勘察没有任何结果,于是我决定如以往一样细细筛过每一寸地方——不仅仅是大厅,而是整个城堡的内部。

"就这样,我在勘察中熬过了三个星期,一无所获。要知道,这一段时间里我是全神贯注的,因为之前曾破获多少件所谓'闹鬼'的案子,靠的都是进行最细微的勘察和保持虚怀若谷的态度,但这次,真是毫无进展。在整个过程中,我都让温特沃斯拿着枪作警戒,而且非常注意决不在那里逗留到天黑。

"后来,我决定试着在大厅过一夜,当然是要有'保护措施',温特沃斯对自己的经历心有余悸,所以请求我不要那样做。然而,我认为值得冒此一险,而且还说服他一道去。

"怀着这种想法,我去了邻近的冈特镇,当地的警长安排了六个配枪警官听我派遣。当然,一切都是非官方的指令,警察都是冲着佣金自愿报名的。

"警察们晚上来到客栈,我好酒好菜地款待他们,然后我们就向庄园出发了。四头驴子驮着燃料和其他一些东西,一个警察还牵着两只大猎狗。到庄园后,我安排他们卸下驴身上驮着的东西,除了大门以外我和温特沃斯把所有的房门都用胶带和蜡封了起来,这样如果房门打开,我就能清楚地知道,而不至于被幻觉或催眠术所蒙骗。

"这些准备工作做完,警察们早已卸完东西,正好奇地东张西望。我派两个人往大壁炉里生堆火,其余人则听我的吩咐行事。我把警犬拉到离入口最远的大厅一端,将一只 U 形钉戳进地板,用一根短绳把狗拴在上面,又环绕着狗用粉笔在地上画了一个五角星符号,五角星的外面,摆了一圈大蒜;对另一只狗也同样为之,不过,狗是布置在大厅的东北角，在两排门交汇的地方。

"做完这些后，我收拾好大厅，叫一个警察清扫地板，然后把所有的器械都搬到清理过的空地上。我打开大门，用钩子勾牢，这样，只有从门扣里把钩子拉出来，才能再关上门。我在每扇封好的房门前摆上点燃的蜡烛，在大厅四角也各放了一支，接着点着了壁炉火，等火烧旺了，再把所有人集中到大厅中央的一堆仪器旁，收走他们的烟斗，我谨遵斯各桑德手稿中所言：'在防护屏障之内不可有一丝光亮。'

"我拿出卷尺，丈量好一个直径30英尺的圆圈并用粉笔描出。温特沃斯和警察们都饶有兴致地看着，我借机提醒他们，这可并非在傻乎乎地做戏，而是目的明确地在建一扇屏障，保障我们同可能在黑夜时来临的任何魔鬼分隔开来。因此，为了他们生命安全和更重要的原因，任何人，无论任何原因都不准跨出我设置的屏障。

"画好后，我拿出一捆大蒜沿着圈边的外围熏了熏，叫人从带来的装备中取来蜡烛，全都点上，他们边点，我边把蜡烛粘在圈内，每隔五英寸一根，每支蜡烛的直径又恰好是一英寸，摆满整圈共用了66支。毫无疑问，所有的数目和长度均有其特定含义。

"我把一小撮人的头发缠绕在蜡烛上，一支接着一支，左右交错。头发的末梢系上金属丝，粘进第66支蜡烛。

"这时，夜幕早已降临。我赶忙完成'防护屏障'，防卫用的电五角星刚好够放在发圈里面。我把人集合起来，分别配入五角星符圈内，这毫不费力，再用一分钟就连上了电池，微弱的蓝光在周围交错的真空管中闪烁。见此情景，我舒心了许多。你们都知道的，这是一种绝妙的防卫结构。以前我曾提到过，这种想法源于加德教授所著的《导体实验》，他发现，真空里电流震动到一定次数，会使导体绝缘。只有用学术方法才能解释清楚，你们如果真感兴趣，就应该拜读一下加德的讲稿《在六兆限额下的阿斯塔拉耳振动和马特罗螺旋振动之比较》。

"站在防护屏障里，只听得夜色中的月桂滴答作响，黏稠浑浊的声音弥漫在房子四周。听得出蒙蒙雨丝开始落下，无一丝风吹过来，烛火丝毫没有晃动。

"我站在那里，侧耳倾听，一会儿，有人碰碰我的手臂，轻声问他们该做些什么。话音中，我听得出有人已觉察出某些怪异。其他人，包括温特沃斯在内，都默不作声，恐怕也已经开始惴惴不安了。

"我索性大干起来，叫他们背朝着同一个中心，双腿向外，平坐在地上，然后用指南针寻好八个主方向，八个人的腿各向一方。我再用粉笔绕着他们画圈，对着脚，画出萨玛族宗教仪式的八个符号。第八个位置自然是留给自己的，我要等所有准备工作完毕之后再进入星符内部，最后在那个位置画上第八个密封符号。

"我最后审视了一遍，两只大猎狗静静卧着，鼻子埋在两爪之间，火焰熊熊跳跃，两排门前和角落里的每支蜡烛都稳稳地燃烧着。我绕着八人组成的小星形兜了一圈，提醒他们，无论发生什么都不要乱了分寸，要相信这'防护屏障'。无论有任何威逼利诱，都不准跨出此界线，要留心自己的动作，切记保持腿脚的位置不变。还有，除非我下命令，否则决不许开枪。

"一切准备完备，我在自己的位置上坐下来，脚正对着第八道符。我准备好照相机和闪光灯，查看了随身带着的左轮手枪。

"温特沃斯排在第一道符号后，按倒转的顺序他正在我的左手。我压低嗓音问他感觉如何，他说非常紧张，但他相信我的学识，所以无论如何一定会坚持到底。

"我们静静地等待着，偶尔有一两个警察靠近同伴，交头接耳，悄声谈论这宽敞的大厅，声音在极度紧张的寂静中回传，十分诡异。但不久，连窃窃私语也消失了，只剩大门外夜雨单调乏味的滴答声和壁炉火索然低沉的燃烧声。

"眼前的场景颇是怪诞：一行人背对背坐着，腿脚伸向四面，周围五角星的奇异蓝光绰绰，一大圈烛火熠熠生辉，相形之下，空旷的大厅幽暗惨淡，只有封着的房门前有些许光亮，壁炉里一大团火焰舞动。一切都诡秘异常！你们能想象得出吗？

"大约过了一个小时，突然我开始觉得压抑得无法忍受，这种感觉好像充斥了整个房间。不是为神秘的氛围不安,而是为厄运随时逼近惶恐。

"忽然,从大厅的东面传来一阵窸窸窣窣的声音,人们随之骚动。我忙喊道:'稳住!稳住!'这才安定下来。向前望去,两只猎狗已站起身,冲着大门摆出奇特的架势。我们也都扭转身体,探头观看。突然,狗一声惊吠,又立即止住,依旧朝着大门方向望着,仿佛要继续听下去。与此同时,左边叮叮当当传来金属声,我忙盯住拉着大门的钩子,它居然动起来了,一种无形的力量推着钩子移动。我打了个寒噤,浑身毛骨悚然,身旁的人也都全身绷紧,僵直不动。我感觉到有东西在一点一点地靠近,似乎是肉眼难辨又无力抗衡的幽灵。大厅此时出奇的安静,连狗都一声不吭。只见钩子自己从门扣中一点一点升起。我突然充满了勇气,举起带闪光灯的相机,朝着大门咔嚓按下快门,刺眼的强光闪亮,耀得两只狗大声狂吠。

"闪光灯亮过后,大厅霎时一片漆黑,就在这一刹那,我又听到门那边有叮当声,赶紧瞪大眼睛望去。强光影响过后,又能看得清楚了。大门正缓缓转动,最后'砰'的一声闭合。屋里一片沉寂,只剩狗在呜呜咽咽地叫着。

"回过身来,温特沃斯直愣愣看着我。

"他悄声说:'和上回一模一样。'

"'太难以置信了。'我说。他点点头,心神不宁地朝四下看看。

"警察们倒是沉默不语,但我知道,他们比温特沃斯还要惊恐不安。你们一定以此认为我有什么超凡力量,才会如此镇定,其实此类怪诞的场面我习以为常,所以我只是自控能力比常人更强而已。

"我转过头,低声告诫他们,不管发生什么,就算是房子震动得快要塌陷,也绝不准跨出我画的界线半步。除非这次的凶魔胜过上回赛蒂显灵,我很清楚星符非凡的力量。只要待在五角星里,我们一定会平安无事。

"在这样的寂静中过了大概有一个半钟头,其间只有狗痛苦地呻吟过几声,而现在也停止了。只见狗怪模怪样地趴在地上,前爪捂着鼻子,浑身战栗。可想而知,此景令我更加忐忑不安。

"突然,离大门最远角落里的蜡烛熄灭了;片刻,温特沃斯猛地拉拉我的胳膊,又见被封的一扇门前的蜡烛也灭了。我端好相机,随即,大厅里的蜡烛杂乱无章地一支接着一支灭掉,速度之快令我无法仔细看清。不过即便如此,我还是拍下了大厅发生变化的一切景象。

"闪光灯晃得眼睛几乎什么都看不到了,真后悔没带着烟玻璃色的护目镜来,以前我在类似的情况下用过。身旁的人被不断突闪的灯光吓得惊慌失措,我急忙大喊,要他们安静坐下,保持腿脚的原位。你们能够想象得出,这喊声回荡在空阔的大厅里,有多么可怕。总之这一刻狂乱极了。

"我终于又看得清了。四处望望,没有任何异常,不过,大厅角落里一团漆黑。

"我忽然发现壁炉里的火焰明显地在渐渐萎缩,这情景只能如此形容——就如火焰的生命在被庞然的隐形怪物一点一点吸食着,难以置信。看着看着,最后的丝丝火星全灭了。除了五角星旁的烛火,大厅再没有一丝光亮。

"各位想不出我当时有多么疑惑,这一切真是令人费解,感觉大厅里有个从容不迫的恶魔,意图明确地在蓄意制造黑暗的恐怖气氛。我一直急于知道,这种力量究竟对物质能有多大的控制力。你们能理解吗?

"身后的警察们又开始骚动起来,他们一定是吓得丧魂落魄。我半转身,轻声但明确地告诉他们,只要待在五角星符里,保持我安排的位置,就会平安无事,如果跨出界线,我就不敢保证会有什么危险的后果了。

"明晰的警告使他们冷静下来,但如果他们和我一样清楚,根本就没有什么绝对安全的'保护',一定更加惶恐,也许早就破坏'防护屏障',疯狂地去寻找无谓的安全了。

"这之后,大家又在死寂中过了一小时。我仿佛是身在隐秘幽冥世界的小小精灵，同对我们毫无怜悯的阴森森的恶魔争斗，预感到灾难将要降临。我侧身悄悄问温特沃斯，他是否觉得有什么东西在房间里。他面色苍白，眼珠骨碌碌转来转去。他扫了我一眼，点了点头，就又把目光转向大厅。我不说话时，也和他现在的情形相同。

"霎时，好似生出无数只手，一起把屏障里的蜡烛全都弄灭了。我们好像一下子被推入彻底的黑暗深渊之中，五角星惨淡的荧光难以照亮这宽敞的厅堂。

"告诉你们，刹那间，我像是被冰冻住一样僵硬，浑身起满了鸡皮疙瘩，大脑停止了活动，却突然有了超常的听觉，听到自己的心怦怦直跳。过了一会儿，感觉稍微舒服了一些，但还是瘫软无力。你们能想象吗？

"但不久，我的胆量又回来了，我握紧相机和闪光灯，等待着，而手心里已沁满了冷汗。我看了一眼温特沃斯，他肩膀微微耸起，脖子向前伸，一动不动，但我敢肯定他的眼睛一定是到处张望。在此种时刻，自己居然还能想到这么多，真是难以置信。警察们也没了声息，就这样又过了一会儿。

"突然从房间的两端传来微弱的声音，打破了沉寂。我马上分辨出是封门的蜡在裂开，刚才封上的房门正在打开。我带着奇异的惶恐和勇气，在黑暗中举起了相机和闪光灯，摁下了快门，如电闪雷鸣，效果好极了。周围的人一跃而起,但在灯亮的一刹那,我看到房门已完全敞开了。

"忽然间周围开始有东西滴答滴答落在地板上。我浑身颤动,知道大难临头,是'血滴'开始了。现在,一个残酷的现实摆在面前,不知道这屏障是否真能保护我们,平安躲过大厅里的邪恶凶灵。

"仅仅几分钟,停不住的'血滴'如雨水般越下越大,很快就有一些落进屏障之内。相互盘绕组成电子五角星的管子发出暗淡的微光,几大滴溅落在上面。奇怪的是,竟然没有一滴落在我们几个人中间。开始只有这骇人的滴答声,可突然,远处角落里的猎狗凄惨地大声怒吠起来,紧接着是令人撕心裂肺的折断声,即刻又安静了。你是否有打猎时折断兔子脖颈的经历呢?就是相同的声音!——只是轻微一些而已。我心头一震——'它'已经穿过五角星符了。你或许还记得,我在每只狗的周围都画过一个五角星。顿时,我开始对身边的屏障充满了疑惧,这使我胆战心惊——大厅里有东西已经穿过了狗身旁的五角星符!在随后的寂静中,我浑身上下颤动不已。突然间,我身后有人像女人般尖叫起来,拔腿向大门口冲去。他手忙脚乱地摸索一阵,打开了门。我喊叫着让其他人别动,但他们就像一群胆小的绵羊,紧跟着往外冲,惶恐之间踢得蜡烛满天乱飞,有人还一脚把电五角星踩了个粉碎,整个屋间一下子陷入了无边的黑暗。顷刻,我意识到,面对神秘世界的魔力，自己是多么孤苦无援，于是发疯似的一个箭步跃出那无力保护我们的屏障，奔出大门，逃进茫茫的夜色中。相信我当时一定在惊恐地大叫。

"所有人一刻不停地飞奔，我也紧随其后，除了偶尔回头瞥过几眼外，就一直紧盯着长满河岸的月桂树，它们不停地飒飒作响，似乎有什么藏匿在树丛中，跟我并排奔跑。雨已停了，阵阵阴风在大地上萧萧吹起。一切是那样令人作呕。

"到庄园大门口，我才撵上温特沃斯和警察们。我们一口气跑回村里，看到丹尼斯和差不多一半的村民聚集在一起，他说他的'魂'感到我们会回来的，而我们现在最终回来了，正验证了他的话。

"幸而我从那里带回了相机——可能是因为相机带子恰好一直套在脖子上的缘故。但我没有直接先去冲洗底片，而是和其他人一起坐在小酒吧里聊了几个小时，想把整件恐怖的事理出头绪来。

"后来，我就上楼回房，着手处理照片。此时，我已逐渐恢复了平静，盼望底片能显现出一些线索。

"头两块感光板上，都没有发现任何异样，但在第三块，也就是抓拍的一张上，我有了令人兴奋的发现。我用放大镜细细查看，接着洗了出来，然后在靴子外面套了一双橡胶套鞋，准备出发。

"我在底片上发现了异乎寻常的东西，是真是假，我决心连夜去查个明白。在我弄清楚之前，没必要告诉温特沃斯和警察们，而且我相信，独自去会有更多的胜算，况且，经过刚才的劫难，他们是说什么也不会当晚再去那庄园了。

"我带上左轮手枪，轻轻地下了楼，步入夜色之中。又落雨了，但我毫不在意，依旧坚定地向前走。来到庄园，一股莫名其妙的直觉告诉我，不可鲁莽直入。我翻过墙，进到院里，绕开大道，穿过阴晦又湿漉漉的月桂树丛，靠近宅子。你们可以想象得出这有多恐怖。每每有一片树叶沙沙作响，我就吓得浑身颤抖。

"我绕到房子的背后，从一扇小窗爬了进去，在勘察这房子的时候，曾在这扇窗上做过记号。当然了，我对这房子的结构了如指掌。厨房台阶摇摇欲坠，霉臭刺鼻，我蹑手蹑脚走上台阶，左转来到一条长长的走廊，走廊连着我们曾封住的一扇房门，通向大厅。走廊尽头微光隐约闪烁，我踮起脚，悄无声息地靠过去，紧握住左轮手枪。靠近房门，听见一个男人的声音，之后是一阵哄堂大笑。我走上前去，看清了大厅内部。几个衣着整齐的男人在大厅里聚成一堆，至少有一个人带着武器，他们正在查看我为辟邪所布置的'防护屏障'，不怀好意地嘲笑。我一生中第一次感到自己真是愚蠢至极。

"显然，这帮人是一直在有目的地利用这座空宅，或许已经有些年头了。而如今温特沃斯要收管庄园，他们就装神弄鬼，上演了传说中的一幕，意在吓跑房主，把此地继续占为己用。不过他们究竟是做什么的，是造伪钞的，盗贼，还是发明家，我就不得而知了。

"不一会儿，他们从五角星旁走开，围住了那只还活着的猎狗，狗出奇地安静，像是被下了药。他们讨论了一番，到底是把这可怜的畜生杀了，还是留着，最后决定还是杀了为妙。只见两个人拿着一团缠绕的绳圈塞进狗嘴，绳圈的两端绕到狗脖子后面，再有一人把一根拐杖插进两个绳套，两个拉着绳子的人俯身按住狗，他们挡住了我的视线，猎狗痛苦地号叫一声，随即又一次听到了那种令人难受的折断声，跟之前听到的那次一样，你们还记得那次的声音吧。

"那三人站起身来，把狗扔在一旁，狗已是无声无息了。就我而言，我真是佩服这精心设计的残忍之举，如此结束一个生灵的性命，冷酷地判决，干净利索地行刑。由此推想，如果有人不慎让这帮人捉到，多半也是落得同样的悲惨下场。

"一分钟之后，其中一人招呼其他人'收绳子'。一个人朝我站着的门口走来，我迅速退回走廊另一端的暗处。那人走上前来，从门顶上拿了些东西，我听到了轻微的金属线的叮当声。

"看他走掉，我又急忙回到原处，只见那些人正一个接着一个，进入一级掀起的大理石台阶。等最后一个进去后，用作台阶的石板就合上了。我仔细数了数，这道秘门是从下算起的第七级台阶，连一点痕迹也没有，真是绝妙无比的设计。后来我才发现，石板厚重结实，就算用大锤子敲击，也听不出台阶有中空的声音。

"还要补充说明一下，我悄无声息地尽快返回了客栈，警察们得知那些'鬼'不过是有血有肉的凡人，马上自觉自愿地跟着我返回了庄园。大家按照我刚才的路线进到了庄园，但当试图打开那一级台阶时，却失败了，最后不得不砸碎石板。这动静一定惊动了那些装神弄鬼的人，等我们走下去，穿过一条周围厚壁砌垒的幽长通道，来到一间密室时，早已是人去室空了。

"你们可以想象，警察们是多么义愤填膺，而我倒无所谓。你们会说我又'驱鬼降妖'了，这不正是我的出发点吗？我不怕人家笑话，反正大家都'上当了'，再说，最终我还是没靠他们，靠自己胜利了。

"我们沿秘道搜索，发现地道尽头有个出口，开在地面的一口井里。大厅的天花板是空的，大台阶里有隐蔽小台阶通进来。'血滴'不过是染红的水，从装潢过的天花板的细缝中滴下来。至于蜡烛和炉火是如何被熄灭的，我不是很清楚。那些扮鬼作祟的人肯定干得非同一般，看来烛火像是被'血滴'扑灭的，但液体是难以控制的，除非能精确地喷射到目标，否则，他们岂不是要前功尽弃了。蜡烛和炉火可能是用碳酸气体扑灭的，但如何控制的，我实在想不出。

"当然，这个秘密的藏身之所是古已有之。对了，我有没有说过，里面还装了一个铃铛，假如有人从正门走进庄园，一踩上大道，铃铛就会响。如果我当时不是爬墙进去，那肯定是空忙一场，毫无所获，如果我是从大门走进去，铃铛就会预先告诉他们。"

"底片上究竟是什么？"我不禁好奇地问。

"是他们用来吊起大门上钩子的细金属丝，钩子是用来打开大门的，金属丝是穿过天花板顶上的细缝伸下来。他们显然没有料到需要吊钩子，也没有想到会有人利用这钩子，所以只得临时做了一个抓钩。纤细的金属丝在大厅火烛照耀下难以发现，但闪光灯却分辨出来了，明白了吗？

"现在你们应该能推测出，里面那些房门也是用金属丝打开的，用完后一定都收了回去，否则，我后来搜查时会找到的。

"我已经把一切都讲明白了。狗自然是好端端地被人弄死的。你们看，这帮人首先是要把大厅变得漆黑，如果我能及时按亮闪光灯，这闹鬼的秘密也早就昭然若揭了。但命该如此啊。"

"那么，那两个流浪汉又是怎么回事呢？"我又问。

"哦，你是说那两个死在庄园里的流浪汉吧。"卡拉其答道，"可以确信，死因大致相同。或许流浪汉碰巧发现了什么，然后被这伙人注射药物而死。也许恰好死期已到，属自然死亡。不难想象，很多流浪汉都曾在空房子里住过的。"

卡拉其站起身来，磕尽烟斗里的烟灰。我们也随之站起，去拿外衣和帽子。

"好走啊！"他下了大家都熟知的逐客令，寒暄着与我们亲切道别。我们出门走在泰晤士河的河堤上，在夜色中各自回家了。

会吹口哨的房间

那天我去聚会迟到了，卡拉其给我开门时，开玩笑地向我挥了挥拳头，然后他打开饭厅的门，让我们四个——阿克莱特、杰瑟普、泰勒和我，进去吃饭。

同往常一样，饭菜很丰盛。用餐时，卡拉其保持他一贯的作风，一直沉默不语着。吃完饭后，我们跟以前一样端起酒杯，拿着雪茄，坐进各自的椅子里。卡拉其也跟着一起坐下，沉思片刻后，打开了他的话匣子。

"我刚从爱尔兰回来。"他说，"我想你们这些家伙可能想听听我的故事，就把你们都叫了过来。当然，我希望在复述给你们听后，我们可以一起将事情看得更清楚明白些。这事真的不可思议，是我迄今为止遇到最特别的'鬼案'之一，也是最古怪的恶作剧之一。

"前几个星期，我一直待在一个叫伊亚斯瑞的城堡里，这个城堡就在盖尔威城东北面20英里的地方。大约一个月前，我从这城堡的主人锡德克·泰瑟克先生那儿收到一封信,他在信里写到他刚买下这幢房子,才搬进去住几天,就发现这房子闹鬼,因此想请我去看看。

"我到的那天,他驾着双轮马车来车站接我,然后我们就直接去了城堡——泰瑟克将之称为'陋舍'。'陋舍'里只住着他和他的弟弟,还有一个美国人。这个美国人看上去既像个仆人,又像个伙伴。城堡里再也没有其他人了,仆人都走了。这么大的城堡只剩他们三个凑合着过日子,偶尔在白天请人回来帮帮忙。

"那天,我们随便拼凑了一顿便饭,就坐下吃了起来。一边吃着,泰瑟克一边就将此事原原本本地说给我听。这事真离奇,跟我以前碰到的案子都不一样。不过话说回来,'会叫的盒子'那案子也很奇特。

"当时,泰瑟克是直奔主题说给我听的,他这样说道:'我的这个陋室里有一间房间,夜里总传出可怕的口哨声。什么时候响是不确定的,但是只要一响起来就会没完没了,听得人毛骨悚然。你看,仆人全给吓跑了。这个哨声不是寻常的哨声,也绝对不是风声,你自己听听就知道了。'

"'我们都随身带着枪呢!'他的弟弟用手拍了拍他的口袋,插嘴说。

"'情况不会那么糟吧!'我问道。泰瑟克点了点头,说:'不过,有些时候声音会变得很柔和,你自己可以听听。声音如此变化无常,我经常前一秒还在坚信房里有个魔鬼,后一秒又会认为这一切只是场

恶作剧。'

"'不大可能是恶作剧吧！'我困惑地说,'这样做又能得到什么好处呢？'

"'你认为精心设计这种恶作剧还会有什么好事吗？我告诉你他们为什么要这样做吧。

"'这一带有一位非常漂亮的小姐,她的名字叫唐娜休,再过两个月,她就会成为我的新娘。但是我却因此捅了马蜂窝——在过去的这两年里,追求过她的爱尔兰小伙子起码有20来个,我却后来居上,赢取了她的芳心,这样就跟他们结了仇。你现在明白,我为什么会说这可能只是场恶作剧了吧。'

"'大概了解一些,'我答道,'但我不认为这跟闹鬼的房间有什么关系。'

"'关系可大了！'他接着说下去,'唐娜休小姐答应嫁给我以后,我就开始到处物色房子,后来就买下这幢"陋舍"。一天晚上吃饭时,我将买房子的事告诉了她,还对她说,那儿将成为我们共结连理的地方。然而她问我怕不怕"会吹口哨的房间",我说这是别人随便开的玩笑,我从来没有听过这类事。当时,她的一些男性朋友也在场,听我说这话,就都笑了起来。我追问下去,才知道在过去的20年里这房子被转卖过多次,买主在买下这幢房子后不久,总会想方设法再卖出。

"'这些家伙一起调侃我,后来又提出要在饭后跟我打赌,赌我在这房子里住不了六个月。我好几次看向唐娜休小姐,想弄清楚这伙人是不是在耍我,但是她脸上没有显示出半点开玩笑的神情。我想她之所以如此,一半是因为这些人的嘲讽态度让她不悦,另一半是因为她真的相信有关"会吹口哨的房间"的谣言。

　　"'吃过饭后,我没有放过这些家伙,逼迫他们一个个讲清楚赌注,这可是一诺千金,没法抵赖的事。除非这次是我输了,不然他们中有些人会输得倾家荡产——其实我不想看到这样的结果,这可是他们逼我的。好了,事情就是这样,该讲的都讲完了。'

　　"'还没有吧。'我抗议地说,'我现在只知道你买了这幢古堡,知道里面有一间房间很古怪,还有你跟别人打了赌,以及你的仆人全给吓跑了的事。但有关哨声的事,你还什么都没说呢!'

　　"'哦,那个啊!我差点忘了说。'泰瑟克又讲了下去,'哨音是我们住进来第二天晚上开始的。那天白天我已经去那房间看了一遍——可能是在唐娜休小姐府上听过那些话,心里一直不安稳,才去查一查的。不过那房间很普通,跟别的东面房间没什么两样,就是更阴暗些——这可能只是心理作用。

　　"'声音是在晚上十点左右开始的。当时,我和汤姆两个人都在书房里,突然听见东边走廊里传出稀奇古怪的哨音。你知道,那房间在东厢那边。

"'然后我就对汤姆说:'走,让我们去看看那恶鬼!'我俩拎着油灯就上了楼。刚到走廊,我的心就开始怦怦乱跳。传进耳朵的哨声实在是古怪,调子听起来像一首歌,给人的感觉却更像是鬼怪刺耳的尖笑声。我心里害怕极了,总觉得身后藏着什么东西,随时都会扑上来。

"'到了门口,我们一刻也没有停留,直接把房门打开。门一开,声音就像潮水般涌出来。当时我人就傻住了,脑海里一片空白——汤姆说他也是这样的感觉。我们只探头朝房内看了看,因为实在害怕,就匆匆忙忙地锁上门走了。

"'下楼之后,我俩一人喝了一杯烈酒,才恢复过来。静心想想,这事说不定是有人在故意整我们,于是就拿着棍子跑到外面,想抓住这些捣鬼的爱尔兰人,但是外面连个人影也没有。

"'回到屋里,整个房子我俩都检查了一遍,然后又去了传出哨音的房间。这次可真的给吓坏了,没待片刻就逃了出来,赶紧锁上门。我不知道怎么形容当时的感觉,就是觉得这房间鬼怪邪门。从那以后,我俩就一直带着枪。

"'第二天,我们将那个房间里里外外搜查了一遍,然后又检查了整个城堡,连外面的空地都没有放过,结果还是什么都没有发现。虽然这事让我摸不着头脑,但是我心里明白,这一切全都是那些野蛮的

爱尔兰人在捣鬼，他们无非是想看我的笑话。'

"'你有没有采取什么应对措施？'我问道。

"'有啊！'他答道，'晚上守在房门外边，巡逻城堡周围，用锤子敲击房间的墙壁和地板……可以想到的事情，我们都做了，现在真的是束手无策了，只有请你过来一趟。'

"他说完这些话，晚饭也快吃完了。我们站起来刚想离开桌子，就听到泰瑟克喊道：'嘘！大家注意听！'

"所有人立刻静下来，屏息倾听着。瞬间，右边走廊里传来了尖厉的哨音，声音非常阴森，绝对不是人类能发出的。

"'真叫人无法忍受！'泰瑟克喊起来，'天还没黑就开始了！你们几个，都拿着蜡烛，跟我一起上楼看看。'

"几秒钟的工夫，我们都冲出饭厅，跑上了楼梯。泰瑟克拐弯跑进了一条长长的过道，我们几个紧跟在后面，一边跑，一边用手护住蜡烛的火苗。我们越跑越快，声音也随之变得越来越大。到后来，我感觉连空气都随着哨音有节奏地跳动着。整条过道都笼罩着一团妖气。

"到了门口时，泰瑟克打开了房门上的锁，用脚踢开房门，人机敏地闪到一边，手里握紧左轮手枪。房门一打开，哨音就迎面扑来。我无法向你们解释这是什么样的声音，恐怕只有在场的人才能体会到。哨音非常人性化，整个房间就像在疯狂地歌舞着。如果站在那儿听一会儿，整个人就会被震慑住，完全不知所措，犹如自己正站在一个黑洞的边缘。如果这时有人指着洞对你说：'看！那就是地狱。'你也会相信他说的是事实。你们懂我的意思吗？

"走进房间，我把蜡烛举过头顶，快速地扫视室内四周。泰瑟克和他的弟弟走过来，站在我身边，那个美国人则站在我们的身后。大家都是高高地举着蜡烛。口哨声尖厉地呼啸着，我的耳朵都快被震聋了。就在这嘈杂声中，我听到有个声音清晰地在我耳边响起：'快出去！快出去！'

"你们知道，我一向对'第六感'什么的特别在意。我承认，有些时候，这种感觉只是因为过度紧张而产生的幻想，但是你们还记得'灰狗''黄手指'以及其他的一些案子吗？紧急关头，我之所以能够绝处逢生，完全归功于我对危险的这种预感。当时，我一听到这警告声就猛地转过身，冲着他们三人喊道：'快出去！看在上帝的分上，全给我出去！'接着我就把他们全都推到走廊里。

"就是那一秒，口哨声变成雷一般的吼叫声，'轰'地响了起来。不过，就那么一下，声音消失了，一切都沉寂下来。我把门关上，锁好，回过头去，看见他们三人都是面如土色，我猜想自己也是一样。很长一段时间，我们就这样默默地呆站在那儿。

"'下楼吧，去喝点威士忌。'泰瑟克压着嗓音说——他不想表现出自己的惊慌。然后，他领头走下去，我跟在最后面。下楼梯的时候，大家都忍不住回头看一看自己的身后。下楼后，泰瑟克拿出酒，倒了一杯给自己，然后将酒瓶递给了我们。他喝完后，将酒杯扔在桌上，立刻就跌坐进椅子里。

"'家里有这样一种声音，是不是很美妙？'泰瑟克苦笑着说。他突然转向我，问道，'你刚才为什么要那么急地叫我们出来？'

"'因为我听到一个警告的声音。'我老实地回答，'这听起来有点怪诞，但跟这种东西打交道，你就不得不注意自己的突发奇想。也许会被人嘲笑，但总比自己遭殃好。'

"然后，我就把'灰狗'那案子讲给他听，他听后直点头，同意我刚才的做法。我接着又说道：'虽然这事很可能是你那些情敌耍的花招，但就我个人来说，我不愿把思路局限在一点上，我总觉得那房间真邪乎。'

"我们又聊了些别的事情，后来泰瑟克提出要打桌球，我们就玩起来，但每个人都是心事重重，忐忑难安，潜意识里静候着哨音的开始。但是哨音却一直没有再响起。我们喝完咖啡后，泰瑟克就叫我们去睡觉，他说明天要大干一场——把那间房彻底检查一遍。

"我的卧房在城堡新建的厢房里，房门正对着画廊，东面尽头就是进东厢房过道的入口。过道和画廊之间隔着两扇笨重的大橡木门，这两扇门和这边的新式门比邻而立，显得格外古老和神秘。

"我走进卧室，没有上床睡觉，而是打开自己的工具箱——这个工具箱的钥匙，我一直是随身带着的。我整理出里面的工具，在调查这件事之前，先做些准备工作。

"等过了一会儿，整个城堡都安静下来，我才溜出卧室，沿着画廊，朝着东厢房走去。我打开了第一扇橡木门后，就转过身，拿小探照灯照着空荡荡的画廊，然后倒退着跨过门槛，推开身后的第二道门，这才回过头来，走进东厢宽敞的过道。我一边走，一边用探照灯前照照、后照照。只要一有动静，我就拔枪。

"我在脖子上挂了一串洋葱，走了一会儿，过道里就飘满洋葱浓烈刺鼻的味道。闻着这味道，我才稍稍安心。你们知道，这些半形体化的幽灵最怕洋葱的味道，所以我想这个吹口哨的恶鬼一定也不例外。不过，我倒不是真的相信有什么恶鬼存在，这哨音很可能仅仅是一种自然现象，就像其他类似的一些'鬼事件'，结果总是叫人啼笑皆非。

"除了脖子上挂的那串洋葱，我在耳朵里也塞了些洋葱。虽然我不准备在那间房里待很久，但是这些保护措施还是必要的。

"我走到房门口，伸手在衣袋里摸钥匙，突然莫名其妙地紧张起来，恨不得立刻掉头逃走。不过我最终还是镇定地站在那儿用钥匙开锁。等我转开门把手以后，就学着泰瑟克的样子，一脚把门踢开，同时紧握手枪——其实我心里明白，这把枪根本派不上什么用场。

"我先用探照灯照了照房间，然后才慢慢地走进去。我心里很害怕，觉得自己正在一步步地走进一个圈套，这是自投罗网。但我没有止住脚步，一直走到房间中央，才停下来。我在那儿警觉地站了几秒，什么事也没有发生。整个房间一览无余，空空荡荡的。过了一会儿，我突然醒悟过来，这种绝对的寂静不是什么好兆头，你们懂我的意思吗？这东西是故意沉寂下来想引我上钩，这就跟它发出喧闹的哨音目的是一样的。你们还记得'沉默的花园'吗？我曾经向你们描述过里面那种阴森诡秘的沉寂气氛。当时，这房间就给人相同的感觉：一个鬼怪隐身缩在角落里，看着你一步步地走进来，走进它事先设好的圈套……想到这一点后，我马上把灯的盖子掀掉，灯光照亮了房间的每一个角落。

"然后我就一边快速地工作，一边不住地向四周张望。我用一根根头发封住窗户，头发的两端粘在窗框上。我做这些事的时候，四周的气氛突然紧张起来，连寂静也变得更深沉了，这种感觉是很微妙的。我当时想，如果没有这些'护身符'的保护，我哪有可能还在这儿忙这些事，恐怕早就没命了。现在我再也没有什么可怀疑了，这不是什么普通的鬼怪，而是恶灵中最令人恐惧的那一种。你们还记得'爱唠叨的人'那个案子吗？我想大概就是那样的鬼怪！

"我封好窗户，就快步走过去封壁炉。这可是件大工程！壁炉里面有个奇形怪状的烧烤架子，焊在后面拱形墙面上。我用七根头发封住开口处，六根并排，第七根竖在其他六根之上。

"快要忙完的时候，我耳边又响起那怪异的口哨声，声音很低很低。我一听见这声音，就觉得一股阴气从后背上升起，一直窜到头顶，顿时整个头皮都发麻。哨音很快尖厉起来，在整个房间里震响回荡。这种强度绝对不是人类能发出的，而是有个庞大怪物，不伦不类地模仿着。我很快粘上最后一根头发。这时我对整件事再也没有疑惑了，哨音肯定是个超自然的鬼魅所发出的——像是对人类的一种嘲讽。虽然我以前也碰到过类似的事件，这次却是最古怪又最恐怖的一例。我立刻抓起灯，冲到门口。跑的时候，我一直回头看着，留神听着，害怕那东西会随时扑上来。果然，我手刚一放在门把手上，哨音就化作尖厉的吼叫，像一把利剑直劈过来。我连忙退出去，关上门。锁门后，我全身瘫软，一下子靠着对面的墙。想想刚才真是侥幸，只差那么一点……这时我的脑海中突然浮现出斯各桑德的名言：'如果这种怪物的声音，不受任何木墙和石墙的阻隔，那么，没有一种辟邪物品能拦得住它。'这句话真是一点不假，我在'会点头的房间'案子中已经证实了这一点。在这种鬼怪面前，任何'护身符'都不能保你平安。短时间里你也许还能硬撑一会儿，但是时间一长，鬼怪就会附在护身符上，重新成形。不错，这需要一段时间，但是迟早鬼怪都会'占据魔力五角形的中央'。

那句'萨玛咒语'可能会奏效，但这谁也说不准，如果念了咒语才发现失效就太晚了。而且,即使是有效果,也维持不了斯各桑德所说的'心跳五下'的瞬间。

"房内的哨音还在继续着，依旧是先前那种低低的、满腹思绪的调子。但是很快，声音便消失了。这种静悄悄的气氛比刚才的哨音更让人惶恐，好像这寂静之中正在孕育着重大阴谋。

"我等了一会儿，把头发打成结，拴住房门后，才下楼回我的卧室，上床睡觉。

"我躺在床上，过了很久才睡着。刚到两点，就又被呼呼的哨音给惊醒了。即使是隔着这么多道门，声音仍然是响得吓人，整座房子都在这震耳欲聋的哨音中颤抖着。听着这种可怕的声音，我就想，说不定这会儿在走廊尽头，正有个可怕的鬼怪在兴奋地狂欢着呢！

"我起身坐在床边，心里犹豫着不知该不该再去那房间，检查一下封条。就在这时,房门'砰'地响了一下,泰瑟克走了进来,只穿着睡衣。

"'我猜你也被吵醒了，就过来找你聊聊。'他说,'我实在是睡不着，那声音太美妙了。'

"'的确不同凡响。'我答道，顺手把我的烟盒递给他。

"他点上一根烟，我们就坐了下来，整整聊了一个小时。其间，哨音一直没有停过，不停地从走廊尽头传过来。

"泰瑟克猛地站起来，对我说：'我们拿上枪，上楼去看看那畜生。'接着就朝门口走去。

"'不要这样！'我说，'你哪儿都不能去！我现在还不能确定，但那房间真的很危险。'

"'你的意思是，那房间真的闹鬼？'他紧张地问道，平日嘲笑夸大的口吻一点儿也没有。

"我告诉他，现在还不能明确地说是或不是，但再过一段时间，应该可以知道答案。然后我就简单地给他讲点'重生'的概念——有些人死后，精神仍然存在，仍想做一些生前做过的事，于是就产生了'假复活'的状态。我说完后，泰瑟克知道事态严重——这事说不定真是鬼魂显灵。

"一小时候后，哨音停止，泰瑟克就回房睡觉去了。我重新躺到床上，过了好久才慢慢进入梦乡。

"第二天一大早，我就起床去查看那间房间，发现门上和窗上的封条以及头发都完好无损，只有壁炉上的第七根头发断了。我想了一会儿，觉得可能是因为绷得太紧的缘故。虽然有可能是被什么东西弄断的，但不可能只有这一根断了，而其他六根都完好无损。试想，如果有人从烟囱里爬下来，再从壁炉里走出来，是绝对不会注意到这些头发的，只会直接走出去，这样头发就全部断了。

"我拿开头发后，就钻进壁炉里查看烟囱。烟道是笔直的，顶端的开口处可以看到蓝天。整个烟道很宽敞，一眼就可以看个明白，绝对没有藏身的地方。虽然如此，我仍然不会满足于这样草率的检查。刚吃完饭，我就套上工作服，爬进烟道去检查，一边爬一边敲击烟道石壁，一直查到烟囱顶，却什么也没发现。

"我从烟道里出来，就开始检查整个房间——地板，房顶，还有墙壁，以六平方英寸为单位，从一块表面移到另一块，慢慢地用锤子和探子勘察，结果还是什么也没有查到。

"接下来的三个星期，我又用同样彻底的方式搜查了整个古堡，仍然是一无所获。于是我改变思路——晚上哨音响起后，我就进行一项'传音测试'。如果这个哨音是由机械装置发出来的，通过这个测试，我就可以了解到这个装置的运作方式。即使是隐藏在墙壁里面，我也能知道它的存在。当时这种测试是非常先进的。

"但是，我不认为泰瑟克的情敌会装上这样一个机械装置来骚扰他。我分析，这个装置很可能是在很久以前就装好了，目的就是制造恐怖气氛，叫人不敢踏足这个房间。你们懂我的意思吧？不管怎样，只要有人想用一些机械原理来玩弄泰瑟克，我用这个'传音测试'就一定能查得出来，这点我在前面已经说过了。结果是我什么也没查到，城堡里根本就没有这样的装置。这时，我才确信那房间是名副其实的鬼屋。

"在我调查的这段日子里，每天晚上，哨音还是一成不变地响起，只是调子变得让人越来越无法忍受。房间里的那个东西好像有思想有意识，知道我们正在设法对付它，就通过哨音表达出心中的不屑和蔑视。这真是太难以置信了！这几个星期，我一直都将房间封着。在晚上偶尔偷偷去看了几次，每次都是只穿袜子不穿鞋，蹑手蹑脚地走过去。但是无论我什么时候去，只要刚站在房门口，里面的哨音就会变得尖厉起来，充满了邪恶的怨恨，似乎那半形体化的怪物可以透过紧闭的房门，清清楚楚地看见我一样。哨音飘荡在整个过道里，我站在门口，感觉自己就像个没事找事干的傻瓜，闲着无聊跟地狱里的魔鬼打交道。

"每天早晨，我都会进房间检查我放置的头发和封印——从第一个星期开始，我在房间各处都粘了头发——墙壁上、天花板上……地面铺的是抛光镜砖，头发落在上面一眼就能看出来，于是我就在地砖上面撒些透明晶片，有胶的那面朝上。所有的晶片都编排上号码，按照一定的图形摆放。这样，只要任何有形生物走过，我都能追踪到它的足迹。

"总之，没有生物能走进这房间而我却不知道——这么多部署，总会留下一些蛛丝马迹。然而一直以来，部署好的那些东西都是保持原状，丝毫不动。我开始考虑要不要在那房间住上一晚，当然，我会画出一个魔力五角星符，然后就待在那里面。即使是这样，这主意仍然是很疯狂很冒险。但是我现在实在是黔驴技穷，什么事都愿意去做。

"一天晚上，大约在午夜时分，我撕开房门上的封条，迅速地往里面看了一眼。只这么一眼，那个怪物就被激怒了，哨音变成疯狂的吼叫声，然后一团阴影就朝我直扑过来，紧跟着四面墙壁也好像要塌下来——当然，这很可能是我的幻想。无论如何，那声吼叫就已经把我吓坏了。我赶紧用力关上门，上好锁。我感到一阵虚脱，两腿直发软。你们应该都有过这种感觉。

"就在我铁下心愿意做任何事情时，一件意想不到的事发生了。一天凌晨，我绕着城堡散步。我沿着青草地，一直走到东厢房的阴影下面。那时，整个东厢都没有点灯，一片漆黑，高处的房间里，依旧传出这可怕的口哨声。突然，离我不远处，传来一个男人的说话声。声音压得很低，充满了幸灾乐祸的口气：'你们听听这声音！怎么能把新娘娶回到这样一个地方！'从他的口音里可以听出，他是个受过教育的爱尔兰人。

"另一个人又接着说了些话。这时，突然有人惊叫一声，接着就听到这伙人向四面八方逃窜的脚步声。很显然，他们是因为发现我了，才逃跑的。

"有好几秒，我就站在那儿，感觉自己就像个笨蛋。刚才这伙人不就站在'闹鬼'的房间下面吗？这伙人不就是泰瑟克的情敌吗？我还一直被蒙在鼓里，真以为自己遇见的是'鬼事'呢！然而，如果这样的话，很多事情就不能得到合理的解释。不过，我没有在这件事上疑惑多久。不管是不是真的闹鬼，我都得做一大堆的事情才能调查清楚。

"这天早上，我把这事告诉了泰瑟克。在接下来的五个晚上，我俩就一直守在东厢房附近，严密地监视着，却再也没有发现任何动静。哨音依旧每晚都响起，有时从傍晚一直持续到凌晨。

"第六天一大早，我收到这儿发给我的一封电报，就搭乘上最早的一班渡轮。走之前，我向泰瑟克解释我必须要走的原因，还告诉他我很快就会回来，让他放心。我叫他在我走后继续监视城堡四周，但是千万不要走进那间房间，不管怎样，这事都还没有结果。如果这房间真如我一开始想的那样，那么在天黑后走进去，等于是自投罗网，下场比死还惨。

"我回来后，刚处理完事情，就把你们都叫了过来。我觉得你们会感兴趣，你们也的确如此，不是吗？而且我复述了一遍，头脑就更加清楚了。我明天就要回那里去，等我再回来的时候，你们就能听到更精彩更刺激的故事。对了，我差点忘了说一件事，有一次我想用留声机录下哨音，试了几次，唱盘上什么也没留下，这事真是太奇怪了。还有我用的那个扩音喇叭，不仅不能扩音，甚至连传音都不行，这个哨音似乎根本不存在。一直到现在，我都想不通。你们几个能帮我想想吗？我想你们的脑子还是很灵活的。至于我，实在是无计可施了。"

说完，他就站起来，向我们所有人道了声晚安，然后就直接领我们往门口走——他倒不是故意冒犯，习惯如此。我们走到外面，发现夜已经深了。

两个星期以后，我们四人又再一次收到了他寄来的邀请信。这次你们也能猜到，我连一分钟都没有迟到，就赶到他家。到了后，还是按老习惯，先享用一顿丰盛的晚餐，再舒舒服服地坐下。这时候卡拉其才开口，讲起上次未讲完的故事。

"上次跟你们说的那件事，现在总算是真相大白了，这两个星期发生的事比以前的那些事还要古怪。那天，我回到城堡时，已经是深夜了。我没有预先通知他们我要回来的事，所以没有人去车站接我，我一个人慢慢地步行走回去。那晚的月亮又圆又亮,在那样的月光下散步，实在是一种享受。我到了城堡的时候，发现房子里一片漆黑，一点灯光也没有。我没有进屋，而是先在外面转了一圈，心想，泰瑟克他们说不定正蹲守着，这样就能碰见他们。然而空旷的场地上一个人都没有——可能是他们蹲守得太累，就回去睡觉了。

"我走过东厢房这边的时候，再一次听到头顶上传来呼呼的哨音。黑暗里，声音显得格外响亮。这时的哨音，调子有些特别，像是一个心思忧虑的人吹出来的。我不禁抬头看去，那间房间的玻璃窗，在月光下闪闪发光。我注视着窗户，突然灵机一动，想到一个办法——如果我从马厩搬个梯子爬上去，不就能通过窗户看见里面的动静了吗？

"我拿定主意后，就到城堡后院，顺着一间间的家畜棚找了起来。很快我就找到一把相对较轻的梯子，我一个人搬，感觉还是很重。开始我以为自己不可能将它竖起来，后来费了很大的劲，总算竖起来了，梯子末端轻轻地靠在窗台下方。然后，我就静悄悄地往上爬，一会儿，就爬到了梯顶。从窗户看进去，里面很黑，借助月光才能朦朦胧胧地看清一点。因为只隔着一层窗玻璃，口哨声音响得吓人，调子却给人一种喃喃自语的感觉。你们懂我的意思吗？就是虽然声音很响，调子却很低沉，像是一个心事沉重的人发出的感慨。我一直都觉得这哨音是对人类讽刺性的模仿。那一刻，我在窗外倾听着，感觉里面的那东西有着人类的灵魂和情感。

"开始时我什么也没看见，过了一会儿就惊呆了——房间依然是空荡荡的，但是地板中央却鼓了起来，成了一个小丘。顶部还开了一个圆口，不断地一张一合，这样就挤压出呼呼的哨音。过了一会儿，这个奇怪的突起物上下起伏起来，顶部开口的地方慢慢裂开，将周围的地板都往里面吸，就像人在吸气一样。然后开口慢慢缩小，重新聚成一个小口，又开始吐出这不可思议的声音。我目瞪口呆地看着，脑海中突然闪过一个念头——这个奇形怪状的突起物是有生命的。在暗淡的月光下,这个东西看上去不就像是两片巨大的嘴唇吗?唇色乌紫乌紫的,唇边还因过度干渴而长满了水泡。

"突然,这两片嘴唇被噘得更高,随之,吹出的声音就更加有力。嘴唇是那么巨大,那么轮廓分明,上嘴唇上似乎还粘着一粒硕大的汗珠。瞬间,哨声变成了尖厉疯狂的呼叫声,我虽然站在窗外,也被这样的声音震慑住了。又一瞬间,地板就恢复成原状,跟以前一样光滑平整,一点波折也没有,声音也随之消失了,整个城堡重新又笼罩在一片寂静之中。

"看见这样的情景,你们可以想象我当时的感受——就是个被吓傻的孩子,唯一想做的事情就是马上溜下梯子,远远地逃开,再也不敢回来。但是就在那时,我听见了泰瑟克的呼救声,声音是从房间里面传来的,他正在喊救命!我心有余悸、惴惴不安地想:'完了!这伙爱尔兰人肯定是想报复他,把他关进这房间里去了。'我正这样想着,求救声再度响起。我连忙打碎窗玻璃,跳进去救他。声音是从壁炉那边传来的,我就直接朝那个方向走去,一直走到房间的阴影深处,里面却空无一人。

"我四处搜寻着,大声喊叫着他的名字,声音回荡在空荡荡的房间里。我突然意识到,泰瑟克根本没有叫过我,这个求救声也根本不是他发出的。霎时间我全身一片冰凉,内心充满了恐惧。就在我转身准备向窗外逃去时，哨声骤然响起，尖利而凌厉，片刻就传遍整个房间。这时，右边的墙壁朝着我直冲过来，墙面聚起两片巨大的嘴唇，颜色乌黑乌黑的，恐怖极了。突然这两片嘴唇就逼近了我的脸，只剩下大约一码的距离。我哆嗦着，疯了一样摸索着手枪。不过我不是想用枪来杀这个怪物，而是想了结自己的生命。我很清楚，一旦被它活捉，下场比死还要惨上一千倍。就在这紧急关头，不知谁高声念响萨玛咒语，然后，跟上次一样，我感觉空中落下许多尘埃。我知道，这就是决定生死的时刻。瞬间，我头昏目眩，昏昏沉沉中看见许多肉眼看不见的东西。然后，一切都消失了，我感到自己的灵魂和肉体又重新融合在一起。我得救了！生命的力量正在我体内慢慢地复苏。接着我一秒也没等，就冲到窗口，头朝下直扑出去。这一刻，我已不顾生死，只想逃离。我用手抱住梯子，连滚带爬地跌下去，好不容易才安全着地。一着地，我就魂飞魄散地跌坐在草坪上，月光洒满我的身躯。高处，打碎的玻璃窗里依旧传来那低沉的哨音。

"大概经过就是这样，死里逃生的我没有受伤。过了一会儿，我绕到房子正面，使劲地敲响大门。泰瑟克他们都被我吵醒了，起来给我开了门。当时我的模样很可怕，看上去就是受到了极度惊吓，所以他们立刻拿威士忌给我喝。我一边喝着酒，一边说了很多很多。我跟泰瑟克说，这房间无论如何都得拆掉，每一块砖头都该投进熔炉里烧掉——熔炉就架在魔力五角星符的中间。泰瑟克点点头。该说的都说完了,我们各自都回去睡觉了。

"第二天,我们聘用很多人来拆房间。只用了十天,房里的一切都化成了灰烬,连剩下的砖胚墙都给烧灼了一遍。

"一天,工人们把一块装饰板拆下来,我们这才了解到'鬼声'的起源。原来壁炉上方有一块橡木装饰板,这块木板拆掉以后,就露出了封在水泥墙里的一块刻着螺旋花纹的石板,面上刻着古老的文字,是用古塞尔特语写成的,大意讲述了迪恩·提安撒克的故事。迪恩曾担任过爱尔泽夫国王的宫廷杂耍大师,因为写过一首'愚蠢之歌'而激怒了'第七城堡'的恩洛荷国王,大师就被活活烧死在这间房里。

"我找人翻译,弄懂了这些字的含义后,就将石板拿给泰瑟克看。他看过后兴奋极了,告诉我这件事牵涉到一个传说。然后他拉我到书房,翻出了一张年代久远的羊皮纸,纸上详细地记录了整个故事。后来我才知道,其实这个故事在这一带是很出名的,几乎众所周知。但是大家都认为这只是个传说,没人想到竟会确有其事。人们更没有料到,伊亚斯瑞城堡的东厢就是著名的第七城堡的遗址。

"羊皮纸上记录的是一幕人间惨剧——古老的过去,爱尔泽夫国王同恩洛荷国王刚出生就结了仇,彼此憎恨。但多年来他们之间只有一些小摩擦,从来没有真正地厮杀过,直到有一天,迪恩写了这首'愚蠢之歌'嘲笑恩洛荷国王。不仅如此，他还将这首歌献给了爱尔泽夫国王。国王听后很是高兴，就把自己的一个妃子赏赐给他。

"很快，这首歌就传遍了整个地区，最后连恩洛荷国王也知道了。他一气之下，就对他的宿敌宣战。活捉爱尔泽夫国王之后，一把火将他和他的城堡都烧了。至于写这首歌的宫廷笑话大师——迪恩，他却将其带回了自己的城堡。作为惩罚，割掉了他的舌头，再将他关押在东厢的这间房里——由此可以看出，东厢房原本就是用来关押犯人的牢狱。由于笑话大师妻子出奇的美貌，国王就将她留在自己的身边。

"一天晚上，迪恩的妻子突然失踪，直到第二天早上，他们才在迪恩的囚室找到已经香消玉殒的可怜女人。迪恩将她的尸身抱在怀里，然后坐直身子，吹起愚蠢之歌的调子——他已经不能用舌头再来唱这首歌了。

"国王大怒，命人将他绑在壁炉架子上活活烤死——说不定就是我上次提过的那个'奇形怪状的烧烤架子'。迪恩却不停吹着'愚蠢之歌'，一直到被烧死——这首他再也不能唱的歌。他死后没多久，在夜里那房间就开始传出口哨声，渐渐地，整个房间都被一团妖气所占据。从此，再也没有人敢睡在那间房里。后来连恩洛荷国王也因为受不了哨音的侵袭，搬到另一个城堡去了。

"这就是全部的故事。当然这只是从羊皮纸上得到的大概翻译，听起来还是很吓人，是不是？"

"是很可怕！"我替我们四个答道，"但是口哨声怎么会发展成如今这种恐怖的情景呢？"

"因为持久的意识会影响物质空间的存在形式。"卡拉其解释道，"在这件案子里，这个意识已经存在好几百年了。长久的时间才会形成这样一个怪物，这是真正的'鬼魂显灵'，不过我更愿意称之为'意识形态的真菌'。它由以太构成，能够控制周围的物质世界。你们懂吧？这种解释是最简洁的了。"

"那么，壁炉上的第七根头发是怎么断的？"泰勒问道。

这个问题，卡拉其回答不出来，他觉得很可能是拽得太紧的缘故。然后他告诉我们，经了解，那天晚上他看到的那伙爱尔兰人，不是来搞恶作剧的，他们只不过是想听听这"闻名遐迩"的口哨声。

"但有件事叫人想不通。"阿克莱特说道，"你们想，谁有能力驾驭萨玛咒语？只有掌管咒语的犹太教祭司，对不对？那么，那天晚上是谁帮你的呢？声音又是从哪儿传过来的呢？"

"你有没有读过加德的专著，或是我写的附录——'关于鬼魂和神力的并存和干扰'？"卡拉其问道，接着解释说，"这可是一门很深奥的学问。虽然我也不太懂，但我认为人鬼之间不是直接相通的，应该还隔着一道神力层，用以保护人类免受妖魔的侵扰（不过，传统上认为是直通的)。也就是说,人的灵魂——注意,不是肉体——有一层神力保护,从而和妖魔所处的那个界面断开。"

"我也是这样想的。"我答道,"那么你认为,这个古时的宫廷杂耍大师死后,灵魂依旧游荡在这个房间,满腔的愤恨助他重新成形,变成一个妖魔。是不是这样?"

"完全正确。"卡拉其点头说,"你这样一概括,整件事就非常清楚了。但是事情还不算完呢!你们知道吗?唐娜休小姐竟然是恩洛荷国王的后代!虽然哨音的问题暂时告一段落,但是一旦他们结了婚,住进去,谁也说不准房里那怪物会不会以新的方式再度成形。万一她无意走进那间房,后果将不堪设想,不是吗?大师灵魂等了这么漫长的岁月,就是为了复仇的那一刻。父债子偿,天经地义!这不是没有可能的事。下个星期他们就要结婚了,我也要参加婚礼,他们邀请我做伴郎——我真讨厌这事。无论怎样我还是该恭喜泰瑟克,他赢了那场打赌,真可谓人财两收。只希望他的新娘永远别走进那个房间!"

他说完这话,沉思着点点头。我们也跟着点头表示同意,然后他就站起来送我们走出门口。泰晤士河的河堤上,晚风阵阵。

"晚安!"我们对卡拉其说道,然后就朝着各自的家走去。回家的路上,我一直在想:万一她走进去……

隐形马

　　那天下午，我收到卡拉其的邀请信，就匆匆赶到他的住所。我刚走进房间，他就伸出左手迎了上来，动作显得有些僵硬。他的脸颊上伤痕累累，右手还缠着绷带。握手之后，他把报纸递给我，我没要。他随即给我一沓照片，然后继续埋首看他的报纸。

　　这就是卡拉其的风格。他不和我搭话，我也没问什么，稍后，他自然会把一切都告诉我。我花了大半个小时看这些照片，一个挺漂亮的女孩子，有几张照片显现出她是一副惊恐的表情，叫人禁不住联想到是不是大祸将至，不过这类表情愈发凸显出她的美丽。凡女孩所到之处都拍了照片，房间里、走廊上，远的近的都有，甚至还拍了女孩的衣角、手、胳膊和头的特写镜头。显然拍这些照片的目的，不是为了这个女孩，而是她周围的环境。这让我感到迷惑不解。

　　快看完的时候，我发现了一张奇怪的照片。照片上，女孩站在一束强光下，脸微微向上扬，像是被一种突如其来的声响吓到了。她的正上方是一只依稀可辨的巨型马蹄，一半隐在阴影里。

　　我对着这张照片琢磨很久，也想不出原因，隐隐觉得这一定跟卡拉其感兴趣的古怪案子有关。不一会儿，杰瑟普、阿克莱特和泰勒都来了。卡拉其仍然一言不发，伸手向我要照片。我静静地递还给他，然后我们起身去吃晚饭，晚餐在沉默中持续了一个小时。饭后，我们拉过椅子，围成一个圈，舒服地坐下。卡拉其吸着烟斗，用平缓而略显费力的语调，开始讲述他的故事。

"我北上来到兰开夏东部的希思金斯家，那儿出了一件怪事。我讲完故事后，你们肯定也会这么认为。去之前，我就听说过有关'马故事'的传说，可我根本就没想到我会和这事扯上关系。现在想想，开始我就没有认真对待过这个传说——尽管我一贯留心周围的事情。唉，人类真是有趣的动物！

"我收到一封电报，请我赴约，说是遇到了一件麻烦事。于是那天我邀请希思金斯上尉亲自来见我。他详细地向我讲述了那个'马故事'，实际上，故事概况我也早有耳闻——传说这个家族里如果第一胎是个女孩，那么在她被追求的时候，有一匹马会出没在她的身边，并时刻纠缠着她。

"你们瞧，这个故事多么不寻常，尽管我早就听说过，但我只不过把它当作一个司空见惯的传说罢了。你看，希思金斯家族七代第一胎都是男孩，就连他们自己的族人也一直认为这个故事是凭空想象的。

"如今，希思金斯家族最年长的孩子终于是个女孩了，亲戚朋友老是半开玩笑半认真地警告上尉说，她是家族七代以来第一个头生女，最好和身边的男孩保持距离。如果她想躲过马的纠缠，那么唯一的办法就是进修道院了。在我看来这些话，正好表明人们根本不把这个故事当回事。你们认为呢？

"两个月前，希思金斯小姐和一个年轻的军官波蒙订婚，就在订婚的当天晚上，快要正式宣布的时候，一件异乎寻常的事情发生了。于是，希思金斯上尉就急匆匆地约见我，要我赶去调查这件事。

"我手头有关这个家族的一些记录和资料表明，150年前也曾发生过同样的怪事。在这次订婚之前的200年里，加上旁系的亲戚，这个家族的七代人中其实出现过五个头生女，这些女孩长成少女，结果每一个人都在订婚期间死去。其中两个自杀，一个从窗户里跌下来，还有一个'心碎而死'（大概是突然受到惊吓导致心脏衰竭），另外一个女孩一天夜里在屋子附近的花园里被杀，死因尚无定论，发现的时候已经死了，奇怪的是她的身上有马蹄踢过留下的痕迹。你们瞧，这几个女孩子的死，即使是那两个自杀的，也都是可归因于自然的原因，并不是超自然因素，明白吗？每个例子中，女孩子无疑都在被追求期间，有过一段异常可怕的经历，记录上说女孩看不见马却听见马的嘶叫和疾驰的声音。另外还有一些令人费解的奇异现象。现在你们该明白，我被叫去调查的事情有多么不同寻常了吧。

"有一份记录里写着，两个女孩子的爱人因不堪忍受如此频繁恐怖的骚扰，转而抛弃爱人。正是因为这个'马故事'的原因，而不是别的什么因素让我觉得这整件事不是简单的巧合，而是蕴含着令人不安的焦虑。

"去那所房子前，我就掌握了这些情况。到那儿以后，我详细询问了希思金斯小姐和波蒙订婚那天晚上发生事情的细节。情况大致是这样的：黄昏时分，还没有点灯。他们两个人正走在楼下的大走廊上，突然听到近处响起一阵可怕的嘶叫声，随即波蒙的右前臂被重重地打了或者说踢了一下，竟然断了。家里人和用人们都赶来探问什么情况，点亮灯大家仔细搜查走廊和整栋屋子，却没有发现什么异常的状况。

"可以想象，整个屋子里的人都陷于惴惴不安之中，一些人觉得难以置信，一些人却笃信那个古老的传说灵验了。那天夜半时分，老上尉被绕着屋子疾驰的马蹄声惊醒。

"这事以后，波蒙和那女孩都说在黄昏之后他们好几次听见身边有马蹄声，不是在房间里，就是在走廊上。

"三天后的一个夜里，一阵奇怪的嘶叫声吵醒波蒙，那声音像是从他未婚妻的房间里传出来的。他立即叫来老上尉一同跑到她的房间。惊吓过度的女孩说一阵近在床畔的马嘶声把她从睡梦中吵醒。

"我到达的前一晚，这事又发生了。可想而知每个人都陷入极度的恐慌和不安之中。

"第一天我几乎都用来搜集细节。晚饭后，我稍做放松，整晚都跟波蒙，还有希思金斯小姐在一起打台球，结束时大约快十点了，我们喝过咖啡之后，我让波蒙给我详细讲讲前一天晚上发生的事情。

"当时他和希思金斯小姐安静地坐在她姑妈的起居室里看书，姑妈也坐在那儿陪着他们。已近黄昏，靠小姐那一头的灯已被点亮。夜比平时来得要早，所以屋子里的其他地方还没来得及点灯。通往大厅的门开着，希思金斯小姐突然问道：'嘘！你听，什么声音？'他俩都竖起耳朵仔细倾听。波蒙听到前门外有一阵马蹄声。'是你父亲？'他问道。但小姐提醒说老上尉那天没有骑马，这下他俩都感到很奇怪，波蒙决定去大厅看个究竟，搞搞清楚到底是谁在门口。大厅里一片漆黑，他只能看见通风门的窗玻璃，在黑暗中显得格外清晰。他走近窗玻璃向外面的车道张望，却什么也没有发现。一团疑云横亘在心头，他开门，走到马车道上去查看。刚踏出门，大厅门就在他身后'砰'的一声关上了。他告诉我，他有一种很可怕的预感，觉得自己走进了一个陷阱——他自己这么说的。于是他连忙转身，握住门把手，可一点也转不动，似乎门里面有一股更大的力量抵住门把手。还没有来得及细想，门把手突然松开，稍稍顿了一下，他推开门向大厅里望去，心神难以平静，说不清是害怕还是什么攫住了他的身心。此时在这间黑漆漆的大厅里，他听到他的爱人朝他送来飞吻。原来小姐从起居室一直跟着他出来了，他回了个飞吻，向她走去。突然一个可怕的念头在他脑海中闪过，这根本不是他爱人在朝他送飞吻！而是有什么东西引着他朝黑暗深处走去。希思金斯小姐根本就没有离开起居室。想到这些，他赶忙往回跑，这次更近了，他又听见一个飞吻的声音。他忍不住高声喊道：'玛丽，待在起居室里别动，等我回来。'接着起居室里传出了应答声。他点燃一根火柴，举过头顶，环顾四周，大厅里空无一人；火柴燃尽的时候，从空旷的车道上传来马匹的疾驰声。

"现在你们都明白了吧。他和那女孩都听到了马儿疾驰的声音，但我仔细询问后发现那女孩的姑妈却什么也没有听见。不过，她耳朵的确有些背，而且那时她在房间靠后的地方待着。也不排除这种可能性，就是处于极度紧张状态中的波蒙和希思金斯小姐，对各种声音都格外敏感。大门也极有可能是因为里屋的房门开着，被穿过走道的大风吹关上的。还有那个门把手，也可能是门闩卡住了。

"至于那两个飞吻和马儿疾驰的声音，是最平常不过的声音罢了。其实波蒙自己心里也清楚，马儿疾驰声在大风天里传播得很远，他听到的可能是远处有人骑马飞驰的声音。那飞吻声音、许多细碎的声音都有可能是纸片或者树叶的沙沙声，特别是在一个人高度紧张，富于幻想的时候听起来格外相似。

"我这一番自圆其说的分析结束了。我们熄了灯，离开台球室，然而波蒙和希思金斯小姐都不认为所有一切都是自己的幻觉所致。

"我们走出台球室,在走廊上我还竭力劝说他们相信发生的一切极有可能是最普通最平常不过的事情。一句谚语说得好,搬起石头砸自己的脚。就在我们说话时,台球室里传出一阵马蹄声。

"一阵毛骨悚然的感觉从我的脊柱爬到我的后脑。希思金斯小姐像得了百日咳的孩子一样大声喘息,然后她开始沿着走廊奔跑,还不时发出尖叫声。波蒙却撒开两腿,往后退了几步,我跟着他急急后退。

"'就是这个声音!'他屏息低声对我说,'现在你该相信了吧。'

"'那儿肯定有什么东西。'我低语道,目不转睛地盯着台球室紧闭的房门。

"'嘘!'他低声制止了我,'又来了!'

"听着这声音犹如一匹马故意放慢脚步绕着台球室踱步,隐隐的恐惧让我大气也不敢出。你们应该知道这种感觉吧。我们一直是往后退,猛然发现我们竟又退到了长长走廊的起点。

"在那儿站定,我俩仔细倾听。马儿带着某种恶意,继续发出那种声音,并且绕着我们刚刚离开的屋子踱步,这么说你们能明白我的意思吗?

"不久那声音停止了,接着是长时间的静默,楼下大厅里的人们惶恐不安,不时交头接耳,细碎的谈话声沿着楼梯清晰地传上来,我猜想人们正围在希思金斯小姐身边,想要保护她。

"我和波蒙站在走廊尽头傻待了大约五分钟,我们仔细留意着台球室里的一切响动。过了一会儿,我觉得自己深陷极度的恐惧之中,于是就对波蒙说:'不行!我要去看个究竟!''我也去!'他答道,尽管他的脸色苍白,但还是鼓足了勇气这样回答我。我让他等一会儿,冲进自己卧室飞快地取来照相机和闪光灯,左轮手枪悄悄地放进右手边的口袋里,并在左手指上小心地套上金属指环——万一打起架来也用得上,而且右手还是可以腾出来操作闪光灯。

"我飞奔到波蒙的身边,他朝我挥挥手里的枪,我冲他点点头,但示意他不要急着开枪,说不定是有人在跟我们开玩笑呢。他从楼上大厅的托架上取过一盏灯,夹在受伤的臂弯里,这样我俩也就用不着黑灯瞎火地摸索了。我们沿着走廊朝台球室走去,你们不知道我俩有多么紧张啊!

"这会儿,房间里还没有任何响动,当我们离房门还有几米远的时候,突然从那屋子里传来马蹄重重践踏地板的声音,就在那一瞬间,整个屋子似乎都跟着震动起来,我和波蒙迅速后退,暗暗给自己打气,平静地观察房间的变化。马蹄似乎在对着门乱踢,马儿简直就要冲出房门了。过一会儿,一切又都归于平静,可是我感到自己的喉咙口和太阳穴都在猛烈地跳动,刚才那声音震耳欲聋,让我无法忍受。

"等了大约半分钟,马蹄声又从远处响起,随即好像有什么隐形的东西穿过紧闭的房门朝我们径直奔来，马蹄子就要落到我们身上了。我俩赶紧退到走廊边上，身体紧贴着墙壁站着，'嗒嗒'，马蹄故意慢慢地从我们中间穿过，沿着走廊远去了，这声音夹杂在汩汩流淌的血液声和太阳穴跳动的砰砰声中，格外清晰。我的身躯僵在那里，屏息凝神，保持这个姿势站着不动。过了一会儿，我扭过头朝走廊尽头望去，唯一的意识就是前面隐匿着某种可怕的危险，你们明白这种感受吗？

"此时，马蹄声又像是从另一头传来，突然，我觉得自己充满了勇气，我飞快转身，拿起相机，关掉闪光灯。谁知波蒙突然朝着走廊尽头连开数枪，边跑边喊：'它正跟着玛丽呢！快跑，快跑！'

"他沿着走廊飞奔，我紧随其后，一路跑到楼梯的平台。我们听到马蹄声到了楼梯口，之后就什么也听不见了。

"楼下大厅里，我听见一大家子人正围着希思金斯小姐，她好像昏过去了。还有几个仆人在一旁挤作一团，紧盯着楼梯平台，沉默不语。老上尉登上二十几级台阶，手里握着剑，听到最后一声马蹄声后，他就停在那里。再没有比一个老人勇敢地站在自己的女儿和恶魔之间的场景更让人震撼了。

"穿过马蹄声刚刚经过的楼梯口，我心里充满着恐怖感，就像那个恶魔还站在那里，而我却看不见它。奇怪的是，无论是楼上还是楼下，我们再也没有听到马蹄声了。

"仆人把希思金斯小姐送回房间后,我就请人带话说我必须在场,请他们准备一下。不一会儿,仆人通知我随时都可以上去。我请她父亲帮忙,把我的工具箱抬到他女儿的房间。然后,我把小姐的床拉到房间中央,床的周围搭上带电的五角星符。

"接着我叫人在房间四周点上灯,但五角星符内绝不能点灯,也不能让人随便进出。我叫女孩母亲待在五角星符内,并叫女仆坐在她身旁,寸步不离,随时传递消息——这样一来,希思金斯小姐就不必走出五角星符的范围了。我建议她的父亲晚上守在房间里,最好把枪也带上。

"我走出希思金斯小姐的房间时,发现波蒙一脸愁苦,急切地等在门外,我详细地告诉他所做的安排,劝慰他说,在这样层层保护下,希思金斯小姐的安全绝对没有问题。另外,除了叫她父亲留在房间里守夜,我自己也打算守在房门口。看着波蒙的模样,料定他今晚难以入眠,于是答应让他陪着我在房门口守夜。其实我这样做,也有保护他的意思,从某种意义上说,他的处境比女孩更危险,至少我一直这么认为。等一下你们也会同意我的看法。

"我问他,如果夜晚时在他周围画一个五角星符,他是否有意见,尽管他满口答应,但我明白,他是不知道该心存怀疑,还是把这类做法视作愚蠢的装饰,但我跟他详细讲述黑纱案后,就是年轻的阿斯特死掉的那件案子,他才开始认真起来,不知你们是否还记得?阿斯特曾嗤之为愚蠢的迷信装饰,并决定待在五角星符外面——唉,可怜的家伙!

"那一夜相安无事。黎明将至,我们又听见马儿绕着屋子不停奔跑的声音。我感到迷惑不解,随即,卧室里一阵骚动。我不安地敲了敲房门,老上尉走了出来,我问他是否一切正常,他说是的,但立即又问我有没有听到马儿疾驰的声音,这时我才明白过来,原来他早就听见了。我建议在天亮以前最好把卧室门都打开,外面肯定出了什么事。一切都安顿好之后,老上尉走进卧室,继续守着他的妻子和女儿。

"我必须承认,连我自己也很怀疑这样的防护措施究竟对希思金斯小姐是否有用,因为那马蹄声听上去如此真切。我不禁联想到哈尔福特的一件案子,孩子的手不断地在五角星符里显形,还不时地拍打地面——我想你们一定都还记得,那真是一件可怕的案子!

"但那声音过去以后,就再也没有出现了。天刚蒙蒙亮,我们就各自回去休息了。

"中午时分,波蒙敲门叫醒我,走下楼,索性把早饭当作午饭吃了。希思金斯小姐也在,情绪稳定,她告诉我几天来她就昨晚睡得最踏实。表兄哈里·巴司科特正从伦敦赶来,眼前这件事他或许能帮上一些忙。说完,她和波蒙起身到庭院里共度片刻二人时光。

"然后,我独自一人来到庭院,绕着屋子转悠,不过没有发现马蹄的痕迹,那天余下的时间里我仔细地检查了整栋屋子,也是一无所获。

"天黑以前,我回房换好衣服,准备用晚餐。下楼时,我看到希思金斯小姐的表兄已经到了,他是我这么久以来所见过的最仪表堂堂的小伙子,而且勇气逼人,眼下要处理这件棘手的事情,我想和这样的人待在一起是最合适不过的了。对于我们笃信马儿出没这件事,他显得心存疑虑,我真恨不得立即发生点什么事,好叫他相信我们所说的都是真的。后来,跟寻仇一样,真的有事情发生了。

"波蒙和希思金斯小姐黄昏前出去散步,老上尉邀我到他的书房闲谈。巴司科特没有带侍从,所以就自己拎着随身物品下楼。

"我和老上尉谈了很久,我觉得马儿的出没显然和屋子本身没有什么特殊关联,只跟希思金斯小姐本人以及与她即将结婚一事有关。如果波蒙一直留在希思金斯小姐身边,就赶快把婚事给办了,好让那些可怕的征兆尽快消失。

"上尉点头表示赞同,尤其是当我说到马儿的纠缠和屋子本身没什么关系时,他提醒我说,曾经受到过骚扰的三个女孩都是从家里送走的,离开了屋子结果还是死了。我们的谈话进行到一半,突然老管家闯了进来,打断了我们,他的脸色苍白得可怕。

"'先生,玛丽小姐她……先生,玛丽小姐她……'他气喘吁吁地说,'她在花园里尖叫,先生,他们说听到马……'

"上尉一个箭步拿过枪和剑,飞奔出去。我跟着冲下楼梯,顺手抓起相机、闪光灯和左轮手枪,朝着巴司科特的房间大声喊道:'那马出现了!'然后我朝庭院飞奔过去。

"黑暗中只听到一片混乱的叫嚷声。树丛中不时传出几声枪响,接着,左边的暗处传出一阵可怕的马嘶声,我立即朝四周挥动鞭子,同时打开闪光灯,光亮即刻照出我周围的环境:大树的叶子在夜的微风中轻颤,可除了这些,我什么也看不见。

"黑暗沉沉地压下来,我听到巴司科特在远处朝我喊话,问我有没有发现什么。

"不一会儿,他就站在了我的身旁。刚才我觉得身边总有些无法名状的东西,闪光灯的强光让我一时有些目眩,现在巴司科特的出现顿时让我心里感到踏实了。'是什么?是什么?'他一直激动地追问我。而我只能望着无尽的黑暗,机械地吐出几个字:'我不知道,我不知道。'

"前面某个地方又传出一阵尖叫,紧接着是枪响的声音,我们循声追过去,高声叫他们不要开枪,在黑暗混乱的状况下,开枪是很危险的。有两个猎场管理员提着灯,举着枪朝车道狂奔过来,紧接着,屋子里射出一排灯光,径直照过来,几个男仆也提着灯赶来了。

"我们把希思金斯小姐送到屋子里,叫她母亲和波蒙陪在她的身边,然后差遣马夫去请大夫。其余的人,还有那四个猎场管理员,都提灯举枪，绕着庭院仔细搜查着，可是，一切都好好的，没有什么异常。

"返回到屋子的时候，大夫已经来了。他替波蒙包扎伤口，幸好伤得不深。接着，他嘱咐希思金斯小姐立即到床上休息。我和老上尉上楼时发现波蒙正守在希思金斯小姐的房门外，我关心地问他感觉如何。不一会儿，女孩和她的母亲就叫我们进去。我和老上尉走进希思金斯小姐的卧室，重新在床的四周搭起电五角星符，房间四周也有人早早地点亮灯，我叫他们像前一个晚上那样守着，然后我走到房门外和波蒙一起守在房门口。

"我在希思金斯小姐的卧室的时候，巴司科特上来过。我们问在公园里波蒙究竟发生了什么事，后来我们知道事情大致是这样的：波蒙和小姐散步后，从西边的小屋往回走，此时天色已晚。希思金斯小姐突然站定说：'嘘！你听！'波蒙也停下脚步，但没有听见什么异常的响动。过了一会儿，他听见了从远处传来马儿奔跑的声音，正越过草地朝他们这边奔来。他连忙安抚希思金斯小姐说一切正常，两人加快脚步往家赶。可是希思金斯小姐却不相信。果然不到一分钟，马蹄声就近在咫尺了。黑暗中，他们惊慌失措，夺路而跑。希思金斯小姐不小心绊倒了，于是害怕得高声尖叫起来。管家听到的就是这个声音。波蒙把她扶起来的时候，他感觉到马蹄子就要朝他砸下来，于是赶紧拔出枪挡在她身前，并朝声音传来的方向开枪，五颗子弹一股脑儿全打完了。他告诉我们，他确定自己看见了一个巨大的马头模样的东西，趁着最后一发子弹的火光，他看见那马头正悬在自己头上。瞬时，他遭到重击倒地，然后上尉和管家叫喊着匆匆赶来。接下来发生的一切，我们也都知道了。

"大约十点左右，管家端上来一碟点心，这让我很高兴，要知道我早就饿了。我再三告诫波蒙千万别喝酒，还从他那里取过烟斗和火柴。到了半夜，我在他的周围画了个五角星符，我和巴司科特分别坐在他的一边，因为我隐隐觉得整件事针对的不是波蒙就是希思金斯小姐。

"接下来，我们一直都保持沉默。走廊的两头各点起了一盏大灯，光线充足。我们保持着高度警觉，我和波蒙手里都握着左轮手枪，巴司科特则握着猎枪，当然，除了枪，我还带着我的相机和闪光灯。

"我们偶尔轻声交谈，其间，上尉两次走出房间跟我们说话。一点半左右，我们还是一言不发地坐着，大约20分钟后，我似乎又听到马儿奔跑的声音。我举手向他们示意，走过去敲响卧室的门，上尉打开门走出来，我轻轻告诉他我们听到马儿的声音了。我和上尉聚精会神地倾听着，后来巴司科特和上尉也说听到了，可是我和波蒙却不敢确定，过了一会儿，我终于确信我又听到了。

"我建议上尉最好即刻回到希思金斯小姐的房间，门别关死，留一条缝，他立即照办了。谁知好长时间，我们就再也没有听见什么声音了。

直到黎明时分，一切都正常。谢天谢地，于是我们各自回房休息。

"他们喊我下去吃午饭的时候，老上尉告诉我，他们已经开过家庭会议了，我吃惊不小，家人决定采纳我的建议，立即举行婚礼，一天也不耽搁。此刻，波蒙正在赶往伦敦申请特许的途中，婚礼将在第二天举行。

"我听了很高兴，这样的非常时期，这个决定无疑是最明智的了。但同时，我的调查工作还得继续，婚礼举行之前，我觉得希思金斯小姐还是和我待在一起比较好。

"午饭以后，我想给希思金斯小姐和她周围的环境拍一些试验性的照片，有时候照相机会捕捉到一些肉眼看来普通，其实却非常奇怪的东西。

"有了这种想法，我就尽可能地和希思金斯小姐待在一起。当我向她提出这个要求时，她很乐意地答应了。我和她在屋子的每一个房间里穿行，所到之处，无论是房间还是走廊，只要有拍的必要和冲动，我就在她身旁支起闪光灯。就这样花费了好几个小时。

"照这种方式，我们走遍了整栋屋子，我问她敢不敢和我到地下室里去拍一些照片，她说敢。于是我叫来老上尉和巴司科特，要知道身边没有人帮忙，人为地制造黑暗的场景，对我来说实在太困难了。

"一切准备就绪，我们走到地下室，老上尉拿着猎枪，巴司科特还特地准备了背景布和一盏灯。我叫希思金斯站在地下室的中间,巴司科特和老上尉在她身后支起背景布,我打开闪光灯不停地拍照。完成之后,我们来到下一间地下室如法炮制。

"最后,我们来到第三间地下室。那儿地方很大,黑漆漆的一片,显得格外阴森恐怖。我照例叫希思金斯小姐站在中央,她父亲和巴司科特举着背景布站在她身后。一切就绪,我正要按下快门,突然,地下室里回响起一阵令人心悸的马嘶,跟我在外面公园里听到的声音一模一样,就像是从女孩头顶上方发出来的。在闪光灯亮起的一瞬间,我看见希思金斯小姐惊恐地抬头张望,目光所及之处却什么也没有。在这一片人为的黑暗中,我冲着上尉和巴司科特大喊,要求他们赶快把希思金斯小姐带到日光下去。

"他们立即照我说的去做了。我随即锁好地下室的门,把萨玛仪式的第一和第八个记号画在两根柱子上,然后用绳子把柱子两头和门闩连接起来。

"巴司科特和老上尉把希思金斯小姐抬到她母亲那儿,由她来照看。我守在地下室门外时,一阵毛骨悚然,几乎快要晕过去了,因为我知道里面肯定有什么可怕的东西。同时阵阵内疚自责涌上心头,要知道是我把希思金斯小姐置于这可怕的危险境地。

"我拿起上尉的猎枪,正好,他和巴司科特走下来,两人手里都握着枪,提着灯。见到他们朝我走来,我整个身心全都放松下来,你们简直不能想象我一个人站在地下室门外的感觉有多么恐怖!

"有一点我注意到了,我开门锁的时候,巴司科特的脸色惨白得吓人,上尉也是灰头土脸的模样,我不知道自己的脸色是不是和他们一样,这对我的神经产生了奇异的效果,内心可怕的感觉烟消云散,一种纯粹的意志力驱使我走到门边转动钥匙。

"我稍顿片刻,然后猛地把门打开,把灯举过头顶,巴司科特和上尉分别走到我的两边,也举起手里的灯东张西望,可事实上地下室里空无一物。要知道,我可不是随随便便看一眼就完事了,我们三个足足花了几个小时的时间仔细察看了室内的角角落落,地板、天花板和墙壁。

"最后我不得不承认地下室里一切正常,只能作罢。我从外面掩上门,像刚才一样打了个三角形的绳结。你们能想象搜查这个地下室有多惶恐吗?

"刚走上楼,我就急切地询问希思金斯小姐的情况。这时,希思金斯小姐走出房间,告诉我她已经没事了,叫我不用担心,更不必因为是我让她这样做而自责。

"听了她的话,我心里好受多了,于是起身准备换衣服吃饭。饭后,我和巴司科特找了一间盥洗室冲洗我刚刚拍的照片。除了在地下室里拍的那张，其他的照片都没有什么特殊的地方。巴司科特继续在那里冲洗，我拿着一堆感光板到灯光下仔细察看。

"我正在那儿仔细地看照片，突然巴司科特高声叫我，我连忙跑过去。他正在灯光下研究一张印了一半的底片，照片中的女孩脸色苍白，抬头往上看。这个场景刚才在地下室我也看见了。可让我吃惊的是，她的头顶上有一个巨型马蹄的影子，好像正要朝她砸下来。天哪，是我让她身陷险境的呀！这个念头在我的脑海里久久挥之不去。

"冲完底片，我就把感光板拿到光线好的地方继续仔细研究，毫无疑问，希思金斯小姐头顶上就是一个模糊的巨型马蹄。我对此还想不出什么好的解释，唯一能做的就是再三告诫巴司科特对希思金斯小姐必须守口如瓶，否则只能增加她的恐惧。不过我把照片拿给她父亲看了，我想他有权知道这件事。

"那天晚上，我们照例又对希思金斯小姐采取了同样的保护措施。这次是巴司科特和我守在门外。直到破晓，一切都正常，我才放心地回自己卧室去睡觉了。

"下楼吃午饭的时候，我得知波蒙发来电报说他下午四点就可以到家了，可以举行婚礼的消息马上带给教区的牧师，这下子屋子里的女人们都开始忙碌起来。

"波蒙的火车晚点了，直到下午五点他才回来，但牧师却迟迟未到。

管家跑来说,马夫没接到人独自回来了,据说是牧师突然被别人叫走了。晚上,两次派车夫去接牧师,可惜牧师都没有回来,婚礼只得延至第二天了。

"到了晚上,我们还是在希思金斯小姐的床边搭好电五角星符,她的父亲母亲也照旧寸步不离,我早料到波蒙定要坚持和我一同在房门外守夜。他面色凝重,我知道他不是担心自己,而是担心希思金斯小姐的安危。他说自己的心里有一种不祥之兆,那一晚他的爱人会受到可怕的甚至是致命的袭击。

"我安慰他说这没什么,只是他精神过度紧张罢了。事实上,我自己也焦虑不安,几天来,我见的、听的事情太多了,怎么能不担心呢?在这样的情况下,波蒙说大祸迫在眉睫,其实真的不能归咎于他精神高度紧张。他深信当晚会发生不同寻常的事情,于是叫来巴司科特,让他从管家的摇铃处系一根长绳,一直拖到走廊上。

"另外我还嘱咐管家和其他两个男仆晚上和衣睡觉,我一摇铃,他就必须带上两个男仆提着灯立即赶来。还有,灯必须整晚都点着。要是铃铛不响,就留心我的口哨声,以此作为信号。

"安排好这些细节之后,我就动手在波蒙身边画了个五角星符,叮嘱他不管发生什么事情,千万不能跨出一步。一切都安排就绪,似乎已无事可做。我们只能耐心等待,企求上帝保佑这晚和前晚一样太平无事。

"我们几乎都没有说话,到半夜一点钟时,大家实在太紧张、太焦虑了。终于,巴司科特受不了这种压抑的恐怖气氛,起身在走廊里来回踱步,让自己稍微放松一点。过了一会儿,我套上鞋和他一块儿来回走着,不时低声交谈几句。就这样又过了一个小时,我转身的时候,脚被绳子绊了一下,脸朝下栽了下去,幸好没有受伤,也没有弄出什么声响来。

"当我起身的时候,巴司科特用臂肘碰了碰我。

"'你注意到没有,铃铛一直没有响。'他轻声问我。

"'啊?是啊!'我回过神来。

"'等等!'他答道,'该不会是绳子上有个结,拉不动吧?'说完,他放下枪,提着最亮的一盏灯,沿着走廊,轻手轻脚地走进屋子,右手上还握着波蒙的左轮手枪,真是个勇敢的小伙子啊,我心里暗暗佩服。

"就在那时,波蒙悄悄地潜到我身旁,接着我听到了他正在凝神倾听的声响——马儿奔驰的声音。我顿时浑身颤抖,惊恐地前后张望。很快,那声音消失了,空气中弥漫着一股阴森森的气息。我伸手去拉绳子,希望巴司科特能听到。

"四周一片死寂。大约过了两分钟,走廊尽头突然响起马蹄践踏声,踩灭了点在走道上的灯,于是我们什么也看不见了。我边用力拉绳子，边使劲吹口哨，然后抓起相机，打开闪光灯，走廊瞬时亮堂起来，可奇怪的是，什么也没有啊。接着黑暗又沉沉地压了下来，我听见上尉的声音从卧室里传出来，我高声叫他立刻拿盏灯出来。可是，有什么东西开始踢卧室门，接着从卧室里传出上尉的叫嚷和女人的尖叫声，难道是那怪物进了卧室？这个可怕的念头在我的脑海里闪现，谁知，几乎同时，走廊上又传来马嘶声，跟我们在公园和地下室里听到的声音一模一样。我再次使劲吹着口哨，在黑暗中到处摸索系铃铛的绳子，并朝波蒙大喊，叫他无论如何都不要跨出五角星符。我冲着门里的上尉高喊：'拿盏灯出来！'这回应答我的是卧室门被踩烂的声音。趁着那个庞然怪物还没有靠近我们，我慌忙点亮手里的火柴。

"火柴点亮了，发出微弱的亮光，几乎同时，我的身后隐约有些响动，于是我操起鞭子，向四处挥舞着，借着依稀的光亮，我看见波蒙身边晃动着一个巨大的马头！

"'波蒙，小心！'我尖叫起来，'马头在你后面！'

"火柴燃尽了，巴司科特的直筒枪响了起来，是波蒙在单手射击，枪声犹在我的耳畔。火光流转之间，我瞥见一个马头，巨型的马蹄眼看要踏在波蒙的头颅上，我拔枪朝马头射击。闷闷的枪响、伴着骇人的嘶叫声在我耳边同时迸发，我又朝着那声音连开两枪。这时，有东西从背后将我击倒在地，我大呼'救命'。女人的尖叫声从紧闭的卧室门里传出来,我这才意识到房门已经从里面被砸开了。此时,波蒙正和我身旁的怪物搏斗。我蜷缩着身子,害怕地瘫倒在地,浑身起了鸡皮疙瘩。然后我'噌'地跳起身,一边大叫着波蒙的名字,一边赶去帮他。不敢相瞒,当时我简直害怕得无以名状。突然黑暗中传来一声尖叫,我跳了起来,手上抓到一只毛茸茸的耳朵,又有什么东西打到我,让我一阵头晕恶心;我只能无力地单手回击,另一只手死死抓着那个恶心的东西。晕眩中,我感到身后仿佛有一声重击,紧接着是一阵强光。走廊上纷纷点起了灯,脚步声、叫嚷声阵阵袭来。也不知我手里的东西是从哪儿撕扯下来的。我无力地闭上双眼,任凭耳边回荡着阵阵叫嚷和重击声,一切混乱得就像屠夫正在剁肉。终于,有什么东西重重地砸在了我的身上。

"上尉和管家把我扶了起来,我看见地上躺着一个人,他的头上套着一个巨大的马头,手腕上绑着硕大的马蹄,就是那个神出鬼没的怪物!上尉弯下腰用手里的剑挑开面具,想看个究竟。我看清了面具下的那张脸,天哪,是巴司科特!他的前额有一道深深的伤口,是刚才划伤的。我看看他,又望了望靠墙坐着的波蒙,迷惑不解!我不禁又仔细地看着巴司科特。

"'天哪!'我终于吐出几个字,很久我都不知道该说些什么,心里实在为他感到无耻,你们可以想象我心里的感觉吗?要知道我曾经很欣赏这个小伙子。终于，他慢慢地睁开了眼睛。

"巴司科特恢复了神智，他挨个看着我们，似乎记起来刚才发生了一件不可思议的事情。就在这时，走廊尽头响起了马蹄的践踏声。我朝着那个方向看去，立即又掉转头去看巴司科特。我看见他的脸上带着惊恐万状的表情，身子蜷缩着，眼神无力地投向那声音传来的方向。我们这一群人都傻待在那里。我依稀感觉到，希思金斯小姐的房间里传来抽泣声和轻轻的交谈声。这时我已束手无策，只能害怕地捕捉走廊那头的动静。

"片刻的沉寂之后，突然巨蹄的践踏声又响起来了，还是在走廊尽头，只听得它'嗒嗒'地向我们逼近。

"知道吗？即便是那个时候，我们中的大部分人还认为，这是巴司科特设下的搞鬼装置，每个人都不由自主地看着他，既害怕又迷惑。终于，上尉忍不住大叫起来：

"'见鬼！快停下来！你难道还没有玩够吗？'

"可我隐隐觉得整件事没有那么简单。

"'上帝啊，不是我，不是我，真的不是我！'巴司科特喘着气辩解道。

"刹那间，在场的每个人都明白过来了，可怕的东西真出现了。人们四散逃开，就连老上尉也随着管家和男仆匆匆往回跑。波蒙因为伤得很重，当场晕倒在地。这会儿，我只能紧挨着墙壁跪下，傻愣愣地都不知道要逃跑。几乎同时，马蹄子朝我一步一步逼近，它每踏一步，地板都轰轰作响。突然那声音戛然而止，一个可怕的念头在我的脑海里冒了出来——那怪物停在了女孩卧室门口！而这时，巴司科特已张开双臂，站在房门口来回晃动，想用身体挡住它的去路，他的面色惨白，仿佛所有的血液都已从前额的伤口涌出。我发现巴司科特专注地盯着走廊上的某个方向，眼神显得特别绝望。突然，马蹄声又'嗒嗒'地响起，沿着走廊传过来。几乎同时，巴司科特脸向下一头栽倒在房门口。

"走廊里人们叫嚷着乱作一团，管家和两个男仆提着灯只顾着跑，上尉却把灯高高举过头顶，背贴着墙壁慢慢往前挪动步子。马蹄声从他身边经过，他竟毫发无伤，然后在寂静的屋子里，那声音渐行渐远，最后什么也听不见了。

"上尉朝我们慢慢走过来，步履蹒跚，我看见他的脸灰白得吓人。

"我走到巴司科特身边，上尉也赶来帮我。我们一同把巴司科特的身子翻过来。他已经死了，你们知道那时我的心里有一种什么样的感觉吗？

"我看着上尉，突然他结结巴巴地开了口：

"'那个……那个……那个……'我知道他是想告诉我，巴司科特刚才是站在他女儿和那个刚经过走廊的不知名怪物的中间。我起身扶住了他，尽管自己的脚跟也站不稳。半晌，他脸上的表情才慢慢地缓和过来。他双腿一软，跪倒在巴司科特的身旁，像个孩子一样地哭了起来。过了一会儿，女人们走出卧室，我转身把上尉留给她们照看，想再去看看波蒙究竟怎么样了。

"整个故事就是这样，现在我要做的就是如何解释其中令人迷惑不解的部分。

"也许你们早就看出来，巴司科特爱上了希思金斯小姐，这是整件事的关键。无疑，他对马儿不断地骚扰负有部分责任，事实上，我认为全是他干的。我无法证明我的看法，这是推断的结果。

"首先，很明显，巴司科特的意图是想把波蒙吓走。当他发现这样做根本无济于事的时候，他决定孤注一掷，杀掉波蒙！我也不愿意这样推想，可事实如此啊。

"我敢断定是巴司科特打伤了波蒙的胳膊，巴司科特对所谓'隐形马'的传说了如指掌。为了达到自己的目的，按照这个传说，他策划了一切。他有许多办法可以自由出入整个屋子，或从法式窗户里，或者他根本就有花园门的钥匙，他出去的时候，一定是悄悄地藏匿于附近某个地方。

"有关黑暗中的飞吻，我把它归因于波蒙精神太紧张臆想出来的，至于前门外传出马儿奔跑的声音，我不得不承认这很难解释得通，但我始终倾向自己当初的看法,认为这个细节没有什么特别之处。

"台球室里和走廊上的马蹄声肯定也是巴司科特弄出来的。他在楼下房间窗户钩子上,绑上一块大木头,猛敲天花板,就能弄出可怕的声响。我做过这个试验,证明我的猜测没错。

"马儿绕着屋子奔驰的声音可能也是巴司科特搞的。他肯定把马拴在附近的树上,或者干脆是他自己装的。但我想不明白的是,他哪有这么快的速度来制造这种场景?无论如何,这一点我觉得是说不过去的。还记得吗?我说过屋子周围根本找不到马蹄印。

"另外,花园里的马嘶和波蒙遇袭必定也是巴司科特搞的鬼。我原以为他一直待在卧室里,其实他根本就在外面。我从前面跑出去之后,他假装和我会合。这种可能性最大。巴司科特是罪魁祸首,如果有什么更严重的事发生,他就肯定不会做这种傻事。在花园里和走廊上的混战中,我实在很迷惑他究竟是如何躲避子弹的,他表现出很无畏的样子。

"当我们听到马儿绕着屋子疾驰的时候,那时巴司科特是和我们待在一起的。但我们肯定是受骗了,除了巴司科特本人之外,现在恐怕谁也不能解释清楚究竟是怎么回事了。

"不过正是地下室里的马嘶声让我起了疑心,除了巴司科特假装出没的马儿之外,整件事应该还另有隐情。虽说他在花园里以同样的方式制造过马嘶声，可我清楚地记得，那时候他的表情是如此可怕，我确信这声音肯定含有什么可怕的意味，连他自己都被吓坏了，他肯定一直在说服自己这不过是他的幻觉。同时，我也没有忘记希思金斯小姐受到惊吓这件事，让他心里也不好过。

"接下来，我发现牧师中途被叫走也是假的，这显然是巴司科特一手策划的，他想拖延几个小时来达到他的目的。这样做，是因为他发现装神弄鬼根本吓不跑波蒙。虽说我仍不愿意把这事往坏处想，可是事实如此啊！巴司科特心理真的扭曲了。爱真是一种折磨啊。

"毫无疑问，巴司科特把连着管家摇铃的绳子拴在了别处，这样一来，他就可以谎称去看看情况，从我身边溜开。他可以趁机把走廊里的灯拿走，接下来，只要砸了另一盏灯，走廊里就一片漆黑了，他完全能在一片漆黑的情况下偷袭波蒙。

"同样，锁上卧室门，取走钥匙的人还是巴司科特（他把钥匙藏在口袋里）。如此一来，上尉不可能给我送灯过来，也不可能赶来帮忙。所幸，上尉用火炉栏砸烂了房门，他砸门的声音从黑漆漆的走廊传播过来，听着真吓人。

"在地下室里，我拍到希思金斯小姐头顶上的巨型马蹄是最可疑之处。可能是巴司科特趁我走出房间的时候，伪造上去的。任何一个略懂门道的人，做起这个来都很容易。虽然照片不像是假的，但是有很多种方法可以证明照片是伪造出来的，要想借助试验来下这个定论，实在太不确切了，所以对此，我不发表任何意见。无论如何，这都是一张骇人的照片。

"现在我们来谈谈最可怕的一点。对于那些异常的状况，我没有更多的解释，整件事我也难下定论。假设我们听到最后那几声马蹄声的时候，巴司科特没有表现出那么害怕的样子，那么整件事就可以按照我刚才的解释就此了结。问题就在于，我觉得事件中的大部分是巴司科特装神弄鬼的杰作，但我们最后听到的马蹄声和他显现出的恐惧表情，这二者无论如何都解释不通啊。

"他的死根本不能证明什么。验尸结果表明他死于心脏病。其实这也很正常，我们却误以为他的死是他站在女孩和怪物之间所致。

"走廊里传来马蹄声时，巴司科特脸上的表情和他喊出的字眼，恰恰证明，他突然意识到自己最坏的猜测灵验了。他自己的恐惧和担心比任何时候都来得真切。最后他终于做对了一件事，一件大事。"

"那么原因呢？"我不解地问，"他为什么要这样做呢？"

卡拉其摇了摇头。

"谁知道呢！"他回答道，语气里带着一种奇怪的敬畏感，"如果事情真像我们想的那样，那么总可以找出一个不与我的推断相悖的解释。但这个解释可能根本就是错的。虽然我花了不少时间来解释我的推论，好让你们相信我的判断，但我认为，巴司科特就是不断来纠缠的马儿的始作俑者。他执着地搞出这些奇奇怪怪的东西，不过几句话就可以把它弄明白。"

"但那个古老的传说又如何解释呢？"我不解地问道，"难道跟这件事没有什么关联吗？"

"关联可能是有的。"卡拉其回答说，"但我不认为和这件事有什么绝对的因果联系。过一会儿，我可以告诉你我是怎么想的。"

"婚礼后来怎么样了？还有，地下室里真的什么也没有发现吗？"泰勒急切地问道。

"尽管发生了这一场悲剧，婚礼还是举行了。"卡拉其对我们说，"就整件事情而言，这无疑是最明智的做法。那间地下室的地板我都快翻过来了，直觉告诉我可能会在那儿找到一些线索，可惜我错了。

"整件事非比寻常，我永远也不会忘记巴司科特临死前脸上的模样，还有马蹄穿过安静屋子发出的声音。"

卡拉其说完，起身站了起来。"你们先请回吧。"他用一种我们熟知的方式，礼貌地下了逐客令。

我们很快告辞了。一直走到泰晤士河的河堤上，然后慢慢地往家的方向走去。

古屋搜寻者

我记得,那是晚上。我、杰瑟普、阿克莱特和泰勒四人失望地看着卡拉其。他正坐在自己那张大椅子上,一言不发。

像平时那样,我们接到了他的邀请。你也知道,我们已把这邀请看成一个好故事的前奏。可是现在,他讲完一则三个编草辫人的小故事后,却心满意足,陷入沉默。我暗示他,还未到半夜呢。

这时,碰巧某个富有同情心的命运女神触动了卡拉其,也许是唤起了他的记忆,他又开始继续讲故事,叙述的方式奇怪而平静:

"三个编草辫人的故事让我想起'搜寻者'的案子,我曾想,也许你们会对这个故事感兴趣的。实际上是很多年前的事了,和那时相比,这次被我归之为'怪事'行列的经历可算不得什么。

"当时我和母亲住在南部海岸阿普尔登郊外的一所小房子里,它位于一排独立式乡村别墅的尽头,每一幢屋子都伫立在各自的花园中,古朴而美丽。房子大多覆盖着一层厚厚的玫瑰。镶着铅框的窗子很旧,却显得古老而有趣。屋子的门是用真正的栎木做的。我说了这么多,是因为它们整个看上去非常迷人。

"刚开始,我就要提醒你们,当时我和母亲在小屋里已住了两年,那段时间,没有任何古怪的事情打扰过我们。

"可是不久之后,就出事了。

"那天凌晨两点,我正在写信,却听到我母亲卧室的房门开了。她来到楼梯顶端,拍了几下扶手。

"'马上就好,亲爱的。'我大声回复。我以为她在提醒我早该上床休息了。接着,我听见她回到卧室的响声。我匆忙赶着手头的工作,生怕她没听到我安安稳稳走进卧室,就会一直躺在床上睡不着觉。

"做完事,我点上蜡烛,熄了灯,走上楼去。我走到母亲房门对面时,看见她的房门开着,就轻轻道了声晚安,问她是否该把房门关上,她没有回答。我以为她睡着了,就蹑手蹑脚替她关上门,随后穿过过道,走进自己房内。这时,我恍惚地感觉到过道里有一种淡淡的气息,奇异、难闻。这种感觉稍纵即逝。直到第二天晚上,我才意识到昨夜所察觉的这种气味令我厌恶。你们能理解吗?事情总是这样——当人们突然间知晓某件事情时,事实上它已在自己的意识里存在一年之久了。

"第二天早饭后,我随口跟母亲提起她昨晚不知不觉就睡着了,是我替她关的房门。让我吃惊的是,她向我保证自己从未出过房门。我提醒她,她曾在楼梯扶手上拍过两下,可她仍然坚持是我搞错了。最后我逗她说,她对我熬夜的坏习惯变得如此适应,以至于在睡梦中也来喊我早些休息。当然,她否认了这点,而我也将此事暂时放下不谈。但我心里相当困惑,不知该相信自己的眼睛还是母亲的解释。她把那些声音归咎是老鼠。至于那扇敞开的房门,她说是上床时没有闩好的缘故。我想，在我的潜意识中，涌起过许多不太合理的想法。事实上，那时我没有真正不安的感觉。

"第二天晚上，事情有了进一步的发展。凌晨两点半左右，我听见母亲的房门就像昨夜那样打开了。随即，我似乎听见她重重地叩击楼梯扶手的声音。我停下工作，大声回应自己马上就好。她没有回答，我也没听见她回到卧室的声音。我心头立即浮上一团疑云：究竟有没有可能她不是在睡梦里做了上述那些事情呢？

"揣着这种想法，我站起身，拿着灯，朝房门走去。门就对着过道敞开着。就在那时，忽然我感到一种剧烈的震颤。我猛然想起自己晚上熬夜熬得太晚时，母亲从不拍栏杆，她总是喊叫我。你们知道，无论如何，那时我并没有真正觉得害怕，我只是隐隐约约中感到有一丝不安。不过，我确信她一定是在睡梦中做了这些事。

"我飞奔上楼。到楼梯最上面一级时，发现母亲不在那儿，可是她的房门开着。尽管我相信她一定是在我没听见的时候就静悄悄地回到了床上，但仍觉得困惑不解。进了房间，我发现她睡姿宁静而且自然，然而我心底涌起的强烈不安，驱使着我走近身去看她。

"在确定她安然无恙时，我依旧有些焦虑不安。我更倾向于认为自己的怀疑是正确的：她不知道自己曾做过的事，在沉睡中安安静静回到了床上。你们应该理解，这是最合理的想法了。

"这时,我闻到屋内隐隐约约地飘浮着一股奇怪而发霉的气味。我立即想起昨晚在过道上也闻到过同样奇异而难闻的味道。

"那一刻,我确实有些不安,开始悄悄地搜寻母亲的房间。尽管漫无目的,也没有任何明确的想法,我只想证实房间里什么也没有。老实说,那段时间我并未真正期盼要找到什么。

"搜寻到一半时,母亲醒了过来,自然我不得不向她解释。我告诉她,她的房门开着,栏杆上发出叩击声,可当我上楼时却发现她睡着了。至于那依稀的气味,我闭口未提,只是告诉她这件事发生过两次,让我感到一丝不安,但为了让自己安心,不至于胡思乱想,我觉得还是过来看看。

"后来我也想过,自己没提起那股气味不是因为当时连自己都吓得惴惴不安,而是不愿使母亲受到惊吓。也许是我下意识地把气味和毫无依据的幻想联系在一起了。那些幻觉过于含糊不清、诡异莫测,所以根本无从谈起。你们看,现在我能分析这件事,也能用言语表达出来;当时我甚至不知道自己怎么会什么都不说,更别提意识到它潜在的危险性了。

"结果,还是我母亲把我部分隐约的感觉说了出来。

"'多难受的气味啊!'她惊叫一声,看着我。沉默了一会儿,她又问道,'你觉得有什么不对吗?'她仍盯着我,神情有些严肃,询问的语气中带着期待，听起来有些紧张。

"我回答：'我不知道。如果真的不是你在梦游的话，我也不明白是怎么回事。'

"她说：'你闻这气味。'

"我答道：'是啊，我也感到费解。可我不觉得有什么不对劲，不过我还是会仔细搜查一下屋子。'

"我点上蜡烛，拿着灯，把其他的卧室都查遍了，接着是整个屋子，还有三个地窖——这叫人神经紧绷，有些受不了。尽管不愿承认，我还是发现自己变得越来越紧张。

"我回到母亲身边，告诉她没什么可担心的。我们说着说着，慢慢让自己也相信这件事无关紧要。母亲不同意她之前一直在梦游的说法，可她乐意把那扇打开的门归咎于门闩出了问题，门闩只是微微启开。至于那几声叩击楼梯扶手的声音，可能是屋内翘曲的木制家具发出的破裂声，不然就是老鼠碰撞到松软的灰泥墙发出的声音。那气味稍难解释些，但最后我俩一致认定就是潮湿的泥土在夜间发出的奇异气息。气息从后花园经由母亲房里开着的窗户飘进来，要不就是从花园尽头大墙外小小的教堂墓地传来的。

"我俩都平静下来，而我就回房上床睡觉去了。

"我想这当然是我们人类的一种自以为是的方式，实际上我的理智根本不接受所有的这些解释。如果你们也处于同样的情况下，就会发现解释这些情况的企图是多么荒唐可笑，自欺欺人。

"第三天早上，下楼吃早饭时，我俩又说起了这件事。两人都认为事情十分奇怪，承认自己内心深处开始想象一些可怕的东西。说到这点，令我们颇有些羞愧。当仔细研究这种情况时，你会发现它确实十分奇怪；可这就是人的本性。

"子夜刚过，母亲的房门发出'砰'的一声。我抓起灯上楼，走到她门前时，看见房门是关着的。我立即开门进去，发现她躺在床上，双目圆睁，神情慌乱。她被房门声惊醒了。可与其他怪事比起来，更令我沮丧的是，过道和她的房内确实游荡着一股令人作呕的气味。

"正要问她是否一切安好时，楼下的一扇门发出两声撞击。你们可以想象我的感受吗？我和母亲面面相觑。接着，我点上蜡烛，从火炉围栏处拿过拨火棒，拿着灯下楼。我开始真正感到紧张不安。这么多怪异的事堆积起来，控制了我的情绪。我想说，所有合理的解释都是徒劳的、可笑的。

"楼下过道上，可怕的气味似乎十分强烈。正房与地窖里也有这些气味，但主要还是在过道上。我彻底搜查了屋子，发现每一扇房门和窗户都关紧且上了闩，除了我俩之外，屋内再也没有其他生灵。接着我回到母亲屋内，就此事和母亲谈了一个多钟头，最后的结论是，我们也许对一些无关紧要的小事做了过多牵强附会的推断，其实，我俩的内心深处对此并不相信。

"谈着谈着，心里觉得舒畅了些。我道过晚安，回房上床，竭力叫自己睡着。

"清晨时分，天还未亮，我在睡梦中被一声巨响惊醒，坐起身，仔细倾听。楼下传来'砰砰砰'的声音，那是房门一扇接一扇被撞击而发出的响声，至少，我的印象就是如此。

"我跳下床，恐惧感猛然向我袭来，令我震颤不已。刚点上蜡烛，就听得有人慢慢推开了门。当时，我并没有觉得与母亲隔得很远，我没有闩房门。

"'谁在那儿？'我一声高喝，音量比平时大了一倍，声音中有些上气不接下气——那是骤然而来的惶恐所致，'谁在那儿？'

"我听到母亲说话的声音：'是我，托马斯。楼下出了什么事吗？'

"这时，她进了屋，一手拿着她卧室内的那根拨火棒，一手拿着蜡烛。如果楼下没有那些反常的响声，我早就对她露出笑容来了。可此时我笑不出来。

"我穿上拖鞋，从墙上拔下一把旧刺刀，拿起蜡烛，叮嘱母亲不要跟来。我知道，一旦她下定决心要跟着我，说什么也没有用。而她早已下定决心，结果在整个搜寻的过程中，她就成了我的后卫。不知怎么，我很高兴有母亲陪着，这点你们能理解的。

"这时房门的砰砰声已停止了。也许是与刚才的声响有了比较，屋内显得骇人的寂静。尽管如此，我坚持在前面带路，高高举着蜡烛，刺刀就在我手里，随时派得上用场。虽然我早已关紧窗户和通向屋外的房门，此时却发现所有的门都敞开着。我开始怀疑这些声响其实就是房门自身发出的。那一刻，只有一件事我们确信无疑，就是除了我俩之外，屋内没有任何生灵。然而整个屋子，每一寸地方，却都弥漫着令人作呕的难闻气味。

"当然，再若无其事地继续假装下去，就有些可笑了。这房子确实有些古怪。天一亮，我就让母亲收拾好行李，早饭过后，送她上了火车。

"接着我开始行动，试图解开这个谜底。我先去找了房东，告知他所有事情的经过。从房东那里，我才知道12年或者15年以前，因为房客的缘故，这房子留下个稀奇古怪的名声，结果有好长一段时间房子一直空着。后来，他把房子租给了一位名叫特拜厄斯的船长，条件是：他万一看见什么怪事的话，必须保持沉默。房东坦率地告诉我，他的想法是有一个房客住在里面，就能使这屋子与'那房子里有些古怪'之类的传闻脱清干系，然后再以尽量高的价钱将房子出售。

"不过，特拜厄斯船长在此住了十年后，再也没有关于这房子的流言蜚语。于是当我提出要租用五年时，房东很爽快地答应了。这就是全部的故事。房东的讲述让我知道了整件事的经过，我催促他谈谈屋内曾经发生的那些所谓怪事的详细情况。他说许多年前，房客们曾谈起屋内总有一个女人在走来走去，一些房客什么也没看见，另一些房客则连第一个月的租期都不肯住满。

"房东特别提到一件事，就是没有一个房客曾经抱怨过敲门声或者猛力撞击房门发出的砰砰声。说到那气味，他更是显得异常气愤，他隐隐觉得我是指责屋子的下水道有问题，其他的，我想他自己也不清楚吧。

"最后我建议他过来一趟，跟我一起待上一个晚上，特别是我告诉他我不仅保密这件事，而且那些怪事也会查个水落石出，他不假思索地答应了。他忧虑的是把屋子闹鬼的谣言传出去。

"下午三点左右，他来了。我俩仔细地搜查了整个房子，然而没有发现任何反常的现象。房东又做过一两次测试，发现下水道也一切正常。随后我俩做好了熬夜的准备。

"首先我们从警局借来两盏警察用的有遮光装置的提灯，那里的警长与我关系不错。天色完全暗了之后，房东回家去取枪。至于我，有那把刺刀防身。他回来后，我俩坐在我的书房里，一直聊到子夜将近。

"然后我俩点亮提灯上楼。提灯、手枪和刺刀就放在离手很近的桌上，所有卧室的门都关紧封好之后，我俩坐在椅子上，关了提灯，安静地守候着。

"从那时直到凌晨两点,一切平安无事。两点刚过,凑近提灯散发出的微弱亮光,我看着表面的时针,感到自己紧张难忍,弯下腰轻声告诉房东,自己有种就要出事的异常感觉,叫他准备好提灯,同时,我伸手去拿我那盏灯。就在这一刻,弥漫在过道上的黑暗忽然变成了一种晦暗的紫色,它不像是灯火照射发出的,却仿佛是天然的黑色变成了另一种色彩。一个光着身体的小孩奔跑着穿过紫色的夜,穿越这紫色的混沌。难以置信的是,孩子与周围的昏暗浑然一体;他就像是这奇异诡秘的氛围浓缩而成的;黑夜发生变化的昏暗紫色就源自那小孩。我没法向你们解释清楚这一点,各位尽量自己理解吧。

"小孩跑过我身边,胖乎乎的小腿自然地运动着,就像人世间的孩子一样。他保持着令人奇怪的沉默,那是个很小的孩子,已从桌下跑了过去。我看见他穿过桌子时,恍惚觉得他只是个比那带色彩的昏暗稍稍更暗一些的影子罢了。同时,我看见一束摇曳不定的紫色光,衬托出枪管和刀锋的轮廓,刀枪宛如闪烁光芒下暗淡的影子,毫无依托地在空中飘浮。这些实物本来只是实实在在地摆放在桌面上。

"很奇怪,我看见这些影像时,潜意识里还能听到房东急促的呼吸声。他的呼吸从我胳膊肘边传来,清晰而费力。那里,他双手紧握提灯,紧张地等待着。我意识到他什么也没看见,只是在黑暗中等待我的警告变成现实。

"即使我注意到这些无关紧要的细节时,仍然看见孩子跳到一角,藏在一个隐隐约约看不真切的物体后——那显然不是过道上的什么东西。我全神贯注地凝视着,怀着期待奇遇的激动,浑身颤抖,而莫名的恐惧又使我全身起了一层鸡皮疙瘩。我目不转睛地盯着孩子,脑子飞转着想寻找一个问题的答案:悬在桌子一角的那两朵乌云到底是什么?大脑的双重工作真是既奇特又有趣,这种情形在人们紧张的时候常常比平时要明显得多。两片乌云来自两个微微发光的影子,我知道这影子一定是提灯上的金属构件造成的。而那些在我的视觉中显黑色的物质,不可能是别的什么;就是被我们叫作光的东西。这种现象我永远都记得,我曾两次目睹过类似的事物,一次是在黑色的光线一案中,另一次则在梅伊特森遭遇的困扰中。这些你们都是知道的。

"我对这些光源有所了解时,依然注视着身体左边,思考孩子为什么要躲起来。突然,听见房东大喊一声:'那个女人!'可我什么也没看见。我有种极不舒服的感觉,感觉有个令人厌恶的东西就在身边。此时,我意识到房东正惊恐万分地抓住我的手臂。我再次向孩子藏身的地方望过去,他从藏身之处探出身子,正远远地看着过道。我无法判断他是否感到害怕,然后他走出来,迅速朝前跑去,居然还轻松穿过我母亲卧室里的那堵墙!可是我能目睹一切的感官,却让我觉得这墙仅仅是个模模糊糊的影子。在那灰蒙蒙的紫色昏暗中，孩子立刻消失在我的视线里。我听到房东又紧靠在我身上，有什么东西也正从他身边穿过。突然他又大声喊叫，嗓音粗哑：'那个女人！那个女人！'并且笨手笨脚地把提灯上的灯罩拿下。我没有看见任何女人；他急促地把灯来来回回晃动，四下照射，可是过道上空荡荡的；他的灯光主要在我母亲房间的门道处扫射。

"他已经站起身，仍然紧紧抓牢我的手臂。我动作机械，慢吞吞地提起灯，神情恍惚地把灯光对准各扇房门上的封条，一张都没有撕破。我用提灯对着过道上上下下来回照看，可是那里什么也没有。我转身面对房东，他正断断续续说着什么。灯光照到他脸上时，影影绰绰中我注意到他大汗淋漓。

"我头脑恢复了清醒，听到房东颤颤悠悠飘来的几句话：'你看见她了吗？你看见她了吗？'他一遍又一遍地问道。我听见自己非常平静地告诉他，没有看见任何女人。然后他说话变得连贯起来，他说看见一个女人从过道尽头走过来，在我俩身旁穿过。她曾停下脚步四下张望，甚至还仔仔细细盯着房东身旁那堵墙，好像在寻找什么。除此之外，房东无法形容那个妇人的其他特征。最让房东心神不宁的是，她似乎根本没有看到他。房东一次次重复强调这一点，以至于最后我以一种嘲笑的口气告诉他，他应该为此庆幸。问题是，这一切到底意味着什么？不知怎的，我不是害怕，而是完全迷惑了。我此刻所见的比起后来的事情要简单许多，但此刻的一切，我无法用理智去解释。

"这到底意味着什么？房东看见一个正在四处搜寻某物的女人，而我却没见到这个女人。我看见的是一个逃跑的孩子，他正躲藏起来，试图避开什么东西或什么人，房东却没有看见孩子或其他的任何东西。这一切到底意味着什么呢？

"至于那孩子，我对房东只字不提。我心中疑团重重，也知道向他解释的结果只能是白费口舌。出现的事物已经吓得房东呆若木鸡，他也不会明白这一切的。我们站在那里拿着提灯四下扫射，这些想法在我脑海中一一闪过。那时，我心里一直掺杂着理性推理，不停地问着自己：这一切到底意味着什么？那女人到底在找什么？而孩子又在逃避什么？

"我呆立在原地，胡乱地回答着房东的问题，心里既忐忑不安，又有些不知所措。突然间，楼下一扇门'砰'的一声巨响，我马上就闻到曾告诉过你们的那股可怕的恶臭。

"'那儿！'这次轮到我抓住房东的手臂，对他喊道，'那种气味！你闻到了吗？'

"他呆呆地看着我。我在紧张中变得恼怒起来，抓着他猛力摇晃。

"'是的。'他答道，语气怪异，试图把手中颤抖的提灯灯光照射到楼梯顶。

"'过来。'说着，我拿起刺刀，他笨拙地拿着枪走过来。我觉得他之所以跟来，是他害怕一个人留下来，不是还剩余一丝胆量的缘故。可怜的家伙！我至少是从不嘲笑人会产生恐惧。当恐惧控制你时，一定会使勇气丧失殆尽。

"我在前面带路，往楼下走去。灯光照向楼下的过道，接着对准一扇扇房门，检查它们是否依然紧闭。之前，我给每扇门都上了闩，门口地垫的一角掀起靠在门上。这样我就能知道哪扇门被打开过。

"我一眼就发现所有的门都没有打开过。灯光沿着阶梯向下照射，我查看通往地窖的那段楼梯口的大门地垫，顿时吓得浑身战栗：地垫是平的！停了几秒，灯光对着过道四下扫射，我鼓足勇气，下了楼。

"走到最后一个台阶时，我看见过道上到处都是一块块湿斑。我用提灯光对准那些湿斑：原来是一只湿漉漉的脚踩在过道的油地毡上留下的痕迹。与寻常的脚印不同，它显得古里古怪，柔和而无力，向四处蔓延着，令我不寒而栗。

"我把灯照向这些令人不可思议的痕迹，前前后后到处都是脚印，突然我注意到脚印无不通向每扇紧闭的房门。感觉有什么碰撞了自己的后背，我迅速四下张望，发现房东走近我身旁。他惊慌失措，身子几乎顶着我的腰，能感到他全身都在抖个不停。

"我悄声说：'没事。'话语中却有些气喘吁吁。我想给他一些勇气，竭尽全力想让他变得沉稳些，从而能派上用处。突然，他的枪响了，枪声响得吓人。震惊之下，我大声诅咒起来。

"'看在上帝的分上，把枪给我！'说着，我迅速从他手中夺过枪。就在这时，花园的小径上传来跑步声，立即，闪耀的牛眼灯照在前门的天窗上。有人推了推门，随后传来一阵震耳欲聋的敲门声，我知道警察听到了枪声。

"我走过去，打开门。幸好巡警认得我。我请他进来，简短地把情况向他解释了一番。这时，约翰斯通巡官从小径的那头走过来，他发现身边不见了巡警，而我屋内的灯都亮着，大门敞开着，他就走了进来。我尽量简洁地告诉他发生的事情，但只字不提那个孩子或妇女的事情；他如果能觉察到这些事情，那就太离奇了。我指给他看地上稀奇古怪的湿脚印以及脚印如何逼近紧闭的房门；稍后又匆匆解释了一番门口地垫的事，告诉他地窖门口的垫子一角是平的，说明门曾经被打开过。

"巡官点点头，命令巡警守住地窖楼梯顶端的大门。他叫我们点上门厅里的灯，自己则拿了警用提灯，率先走进客厅。大门敞开着，他在门口停了停，用提灯朝房内到处照射，随后一大步跨进屋内，朝门后张望，后面没有人，但是打光的栎木地板上，四处铺开的地毯间，到处蔓延着那些可怕的脚印，房里充斥着令人窒息的气味！

116

"巡官仔细搜查客厅，采取了预防措施，随之走进正中的房间。那里什么也没有。厨房和餐具室的情况也一样。可是所有的房间到处都是湿湿的脚印，在木制品和油地毡上显得尤其清晰可见。到处飘着那股臭味。

"巡官停止搜寻，花了一分钟测试门打开时，地垫是否真的会平整地垂到地上，或者只是变得皱巴巴的，显示出一种不曾被碰过的假象。可是每一次测试，地垫都是平塌塌地掉到地上，而且一直保持这种状态。

"'太奇怪了！'我听见约翰斯通喃喃自语道。他朝地窖的那扇门走去。起先他曾问过我们，有无窗户通往地窖。我们告诉他，除了此门别无出口，他就把这部分的搜寻留在了最后。

"约翰斯通走到门前，巡警向他敬了个礼，低低地说了些什么。他奇怪的口气促使我立即把灯朝他射去，巡警脸色苍白，神情古怪。

"约翰斯通不耐烦地说：'什么？大声点！'

"'长官，一个女人来过这儿，穿过这儿的这道门进去了。'巡警口齿清晰地说，可是语调诡异而单调，那是智力不正常的人才有的腔调。

"'大声点！'巡官呵斥道。

"'一个女人来过这儿，穿过这里的门道进去了。'巡警机械地重复了一遍。

"巡官一把抓住他的肩膀，不慌不忙地用力吸了一口气。

"'不,'他语气嘲讽,'我希望你应该有礼貌地替那位女士开门。'

"'长官,这门没有打开过。'巡警简短地说。

"'你疯了吗!'约翰斯通刚要说下去,房东从后面打断了他,口气沉稳地说道:'不,我在楼上看见过这个女人。'显然他恢复了自制。

"我说:'约翰斯通巡官,恐怕这件事比你想象的要复杂得多。我能肯定在楼上看见了一些非常难以置信的事。'

"巡官似乎要开口说些什么,可他没那么做,反而转身将灯光朝下对着地垫及周围照个不停。这时我发现那奇特而令人毛骨悚然的足迹笔直地通向地窖的大门,最后一枚脚印就在门口下,可巡警说此门不曾打开过。

"突然间,还未意识到自己在说些什么,我就对房东脱口而出:'这些脚印像什么?'

"他没有回答。此时巡官正命令巡警打开地窖的门,可他并不遵从。约翰斯通重复了一遍,他终于服从了命令,动作古怪而机械地推开门。难闻的气息顿时扑鼻而来,巡官惊恐万状,后退了一步。

"'天哪!'他喊道,又往前走几步,手中的灯朝楼梯下照射,除了每个台阶上那些奇怪的脚印外,什么也看不见。

"巡官将灯光异常清晰地照在最高一级的台阶上。灯光下,清清楚楚看见一个小东西在爬动。他蹲下身来仔细看,我和巡警也跟着蹲下

来。我不想让你们作呕,可我们看见的是一条蛆虫。巡警猛地退出门道,他说:

"'教堂墓地——在房子的后面。'

"'安静!'约翰斯通说道,声音突然变奇怪了。我知道他终于害怕了。他将提灯伸向门道里,一个一个台阶地仔细照着看,追寻着延伸进入黑暗中的脚印。接着他后退几步,走出敞开的门道,四处张望,似乎在寻找某种武器。

"'把你的枪给我。'我对房东说道。他从客厅里拿了枪,传到巡官手中。巡官接过枪,从枪管中排出空弹壳,伸出手向房东要一枚实弹,房东从口袋里掏出子弹交给他。他装上子弹,'吧嗒'一声关上枪膛,转身对巡警说:'跟我来。'然后朝着通往地窖的门道走去。

"'长官,我不去。'巡警脸色苍白如纸。

"巡官勃然大怒,一把揪住他的后颈,推着他顺着楼梯走进茫茫黑暗。巡警边往下走,边尖声惊叫。巡官手拿提灯和枪支,紧跟在他身后,而我跟在巡官后头,拿着刺刀随时准备动手。身后传来房东的脚步声,

"走到楼梯最末一级时,巡警显得有些犹豫不决,身子摇晃了一下。巡官帮他站稳了,然后走进迎面的那个地窖。巡警神情呆滞地跟在后面。但很明显,他再也没有从恐怖里脱身逃走的念头了。

"我们拥进地窖,众人手中的提灯四处扫射,约翰斯通巡官检查着

地板，而我看见地窖内到处是脚印，足迹向各个角落延伸，占据了整个地板。霎时，一个念头闪过我的脑海：那正在躲避什么的孩子。模糊中我有些弄清了这件事情，你们明白了吗？

"几个人一拥而出，离开了那个地窖。什么都没有找到。在第二个地窖里，无处不在的脚印排列奇异而无规则，好像是有人在寻找某样东西或是追随某种隐约难辨的气息时留下的。

"第三个地窖里，足迹在一口水井旁停止了。以前这口浅浅的井为屋子提供生活用水。水满到井沿处，灯光照在水面上，井水清澈得能看见井底的鹅卵石。搜寻到此打住，我们站在井边，你看看我，我看看你，惊恐得沉寂无声。

"约翰斯通又查了一遍那些脚印，然后灯光再次照着那清而浅的水，仔细地把清晰可见的井底查看几遍。那里什么也没有，地窖内充斥着一股令人厌恶的气味。我们手中的灯不时来回照着地窖，每个人都一言不发。

"检查完那口水井，巡官抬起头，朝我点点头，他似乎确信了我们的说法。地窖内的气味变得更可恶了，似乎变成了一种威胁——实实在在地告知我们，某种无形而可怕的东西就在我们身旁。

"'我想——'巡官将灯射向楼梯处。这时，巡警抛开所有的克制，冲向楼梯，他的喉咙中发出一种费解的声音。

"房东跟在巡警后面走得飞快。我和巡官走在最后。他等了我一会儿,然后我俩一起上楼。走到顶端,我砰地关上门,加了锁。我擦擦前额,双手颤抖不停。

"巡官请我给他的手下倒杯威士忌,然后派他回去继续巡逻。巡官跟我和房东又待了一小会儿,最后他决定第二天再来,从午夜就开始和我们一起监视这口井,一直到天亮为止。拂晓时分,巡官离开了。我和房东锁了大门,去房东家睡觉。

"下午,我们回到老屋,为晚上的行动做准备。房东显得很平静,既然经历了昨夜的恐惧,他也算是经过历练了。这让我感到可以依靠他。

"我俩打开所有的门窗,风尽情地吹遍屋子的每个角落。同时,我俩在屋里点上灯,拿进地窖,在各处一个个摆放好,这样室内到处都有了光线。接着,我俩还从房里搬下三张椅子和一张桌子,把它们摆在有井的那间地窖里,细细的钢琴丝在室内交叉布置好。钢琴丝离地面九英寸左右,能用它抓住黑暗中任何走动的物体。

"随后,我俩把屋内上上下下的门窗都封好,只留下正门与通往地窖楼梯顶端的那扇门没有封。

"我还在当地的一位铁丝匠那里定做了一样东西。和房东在他家中喝过下午茶后,我俩就去看铁丝匠工作的进展情况。那东西已经做成了,它像极了一个放置鹦鹉的巨型鸟笼,没有底,用分量很重的墨线做成。

有七英尺高，直径为四英尺。幸亏，我记得叫铁丝匠把鸟笼纵向分成两半，否则我们无法将其搬过门道，搬下通往地窖的楼梯。

"我吩咐铁丝匠把笼子先搬到我家，这样他可以在那里把分成两半的部分拼装成一个结实的大笼子。回家途中，我去了五金店，买了些细麻绳和一个铁制的滑轮，就像把衣架吊到天花板上的那种滑轮。在这里，你会发现这种衣架每个村子里都有。我还买了两支干草叉。

"'我们不会需要用到它的。'我对房东说。他点点头，瞬间，脸全白了。

"笼子运到地窖内，拼装成原样后，我打发走了铁丝匠。我和房东把笼子悬挂在井口上方。笼子坠下时，能轻而易举地掉进井里。忙活了好一阵，我俩才在位于滑轮上方这根缆绳的正中处位置悬挂好那个笼子。这样，笼子每一次升到天花板上再落下时，就能恰好不偏不倚地掉进水井。安置妥当后，我又把笼子往上吊到预定的位置，然后将绳子牢牢系在一根粗重的木柱上。柱子就立在地窖中间。

"十点时我准备好了一切，地窖内放了两支干草叉和两盏警用提灯，一些威士忌和三明治，桌下还有几桶满满的消毒剂。

"十一点刚过，正门传来叩击声。我开门，看见巡官约翰斯通来了，他还带来了一位侦探。你们知道，我看见又多了一位搜查能手不知有多高兴！看得出他刚毅而沉稳，不仅机敏干练，而且神情泰然自若。

到晚上，我们不得不做那些令人提心吊胆的事情，有这样的侦探做帮手，叫人信心倍增。

"巡官和侦探走进屋，我锁上正门。然后巡官为我举着灯，而我仔细地用蜡和胶带纸封住房门。我锁好通往地窖楼梯口的那扇门，再用蜡和胶带纸将它也封好。

"走进地窖时，我提醒约翰斯通和那个侦探不要被金属线绊倒。看到我的精心布置，他们十分惊讶，于是我把想法和打算解释给他听。巡官对此大表赞赏，那侦探也频频点头，很赞成我所做的预防措施。我很自豪。

"巡官放下提灯，拿起一支干草叉，在手中掂量了一下，看着我点了点头。

"他说：'要是你能多带两支的话，就再好不过了。'

"我们在椅子上坐下，侦探则从地窖一角拿了张凳子。从那时直到午夜，我们轻声交谈着，稍稍喝些威士忌吃点三明治作为晚餐。过后，除了提灯与干草叉外，大家清理掉桌上的所有东西。我把一支叉子交给巡官，另一支自己拿在手中，椅子摆在易于操作笼子坠入井中的缆绳附近。最后我熄灭地窖各处一盏盏的灯。

"一片漆黑中，我摸索着走向座椅，干草叉和有遮光装置的提灯就摆在手边。我建议大家在整个监视过程中保持绝对沉默，我没有发话之前，千万不要打开提灯。

"怀表放在桌上，提灯发出的微弱光芒使我能看清时间。一小时过去了，一切安然无恙，除了偶尔拘谨地动一下身子外，每个人都一声不吭。

"然而，一点半左右，我感到一种强烈而古怪的紧张感，那是昨夜曾经历过的。我迅速伸手松开柱子上的绳索，巡官觉察到这个举动，我看见微微发光的提灯移动了一下，一瞬间巡官一把抓过提灯，准备随时行动。

"一分钟后，我看见地窖内的夜色变了。慢慢地，黑暗变成了暗紫色。在这紫色的昏暗中，我飞速地东张西望。我注意到紫色越变越深，离我远处的那口水井似乎成了变化的核心。几乎就在这一瞬间，那个核心仿佛是从很远很远的地方迎面朝我们轻捷地走来。它走近了，原来就是那个光着身体奔跑的小孩，这孩子属于紫色的夜晚。

"孩子奔跑的姿势十分自然，蹊跷的是，他是如此寂静无声。他仿佛随身带着能让一切变寂静的能力，走到井和桌子中间，矫捷地转身向后看着什么。我无法看清到底有什么。他猛地蹲下身，似乎躲藏在一个隐约难辨的东西后头。然而，这里除了光秃秃的地面外，什么也没有。我的意思是，没有任何一样来自我们这个世界的东西。

"我听得见其他三人非常清晰的呼吸声，还有桌子上那只怀表滴答滴答地走动着，又响又慢。不知怎么的，我觉得他们三人都没有看见我所见到的一切。

"突然身旁的房东喘了一口气，发出轻微的嘶嘶声，我意识到他看见了什么。随后桌子嘎吱作响，我感觉巡官正俯身向前，盯着我无法看见的东西。黑暗中房东伸出手，摸索了一阵终于抓住我的手臂。

"'那个女人！'他在我身旁低语道，'就在井那边！'

"我努力张大眼睛朝那儿看，可是除了地窖内的紫色好像变得比刚才黯淡些外，什么也没有看见。

"顷刻，我将视线重新又投到孩子那若明若暗的藏身之处，他正朝后东张西望。突然，他起身朝桌子正中笔直跑去，在我的双眼与看不见的地板之间，桌子就像一个模糊的影子。孩子钻到桌下时，我手中干草叉上铁的尖齿随之发出摇曳不定的紫色。不远处，另一支干草叉隐约闪烁的轮廓在昏暗中高高立起。我意识到巡警已将叉子举在手中，伺机而动，一定是他看见了什么。桌上，五盏灯的外壳闪着同样奇异的光芒，每盏灯周围都有一朵小小的乌黑乌黑的云朵。黑暗中，我们裸眼看来是'光'的现象弥漫了整个屋子。无际的黑暗中，提灯的金属部分就像用黑色棉毛做成的猫的眼睛那样，清晰可见。

"孩子跑过桌子，在不远处停下来，站起身，双脚摆动了一阵。他的动作给人一种比蓟种子冠毛还要轻又难以看清的感觉。同时我的另一半意识仿佛觉得这孩子站在一面厚厚的,看不见的镜子后头,受到某些我无法理解的状况与力量的支配。

"孩子回过头,我也随着他注视的方向望去。我瞪着眼睛左顾右盼。紫色的灯光下,悬吊在空中的笼子看得清清楚楚。闪烁的微光衬托出每根金属丝线的轮廓,微光之上是一小团混沌。还有我安在天花板上的铁滑轮也隐约发亮。

"我目光迷离,惶恐地看着周围。一丝丝微弱的火苗在屋内纵横交错。我一下子记起那是我和房东拉在地窖内的钢琴丝。不过,除了远处隐约发亮的左轮手枪的轮廓外,其他什么也看不见,手枪显然是在侦探的口袋里。当我古怪又不经思索地认出这些东西时,我潜意识里有种满足感。靠近我这端的桌子上,有一小团奇形怪状的光芒。我思忖了一会儿,领会到这是我手表上的钢制结构在熠熠闪烁。

"判断这些细节问题时,我还频频看着那小孩,时而又环顾地窖四周。孩子仍是一副躲避的模样。此时,他突然消失在远方,踪影全无,在色彩怪异的氛围中只剩下一个颜色稍浓重的核状物。

"房东发出一声古怪的低叫,好像在避开什么一样地扭动身子,朝我过来。巡官的呼吸急促而剧烈,好像他猛然间被浸入冷水中一样。瞬间,紫色消失在黑夜里,我感到身旁有个令人厌恶的庞然大物。

"地窖内充满着令人窒息的紧张气氛。屋内一片乌黑,只有桌上的灯微微闪烁。在黑色与沉寂的恐怖气氛里,井下轻轻传来叮叮当当的流水声,宛如有什么东西无声地从水中出来。一阵轻柔的叮当声后水流恢复了平静,与此同时,骤然传来一股恶心的气味。

"我向巡官发出尖叫声以示警告,然后松开绳子。笼子坠入水中,噼噼啪啪水声四溅。我一边动作僵硬而惊恐地打开提灯的遮板,把灯光对准笼子,一边大声喊着让其他人也跟着做。

"我的灯光刚照及笼子,就见笼子有两英寸露在水井上方,笼内有东西从水中钻了出来。我全神贯注,恍惚觉得自己认出了那东西。等到其他几盏灯都亮起来后,我才看清那是条羊腿。接着一只强壮的手臂伸出水面,手上就抓着那羊腿。我茫然不知所措地盯着水面,看看究竟出来的是个什么东西。不久映入眼帘的是一张长着络腮胡的脸,脸庞很大,刹那间我还以为是一个很早以前就溺死的人的面孔。然而那脸上的嘴唇部分张开了,唾沫四溅,不时咳嗽几声。稍后映入眼帘的是他的另一只大手,正擦去眼里的水珠。他眨了眨双眼,瞪大眼睛盯着那些亮着的提灯。

"侦探突然一声大叫:'特拜厄斯船长!'随后巡官也喊了一声。两人立即爆发出一阵大笑。

"巡官和侦探朝对面的笼子跑去。我跟在两人身后,心中仍然疑虑重重。笼子内的男子捂着鼻子,手中的羊腿举得老高。

"'把这该死的陷阱拿开，快点！'他嚷嚷着，颇有些透不过气来。巡官与侦探双双在他面前弯着腰，边笑边试图捂着鼻子。手中提灯的灯光在屋内欢快地跳跃。

"'快点，快点！'笼内的男子仍捂紧鼻子，一边努力把话说得清晰些。

"这时约翰斯通与侦探才停住了笑，升起笼子。井中的男子把羊腿朝地窖内驀地用力一甩，迅捷地转身就要朝井下逃跑。两位警察以迅雷不及掩耳之势将他一把拉出井口。他们抓住他时，这人湿淋淋的躯体不时往下滴水。这时巡官猛地用大拇指指着那令人恶心的羊腿，房东用干草叉叉住羊腿后，拿着叉子跑出地窖，走到屋外扔掉。

"我给井中出来的男子倒了一小杯烈性的酒。他欣喜地点头致谢，一饮而尽后，伸手抓过酒瓶，几口喝完，仿佛那瓶里装的全是水似的。

"你们该记得，屋子的前一位房客叫特拜厄斯船长，从井里现身站在我们眼前的正是这个人。在后来的谈话中，我知道了特拜厄斯船长离开这幢房子的原因：他因走私而遭警方通缉。后来他进了监狱，几个星期前刚释放回家。

"回来后他发现原来的家中有了新的房客。他从水井进入屋内，井内的墙壁并不延伸到井底（这点等下我会解释的）。然后，他从地窖墙壁内的一层狭小的楼梯上楼，通过我母亲卧室旁的一块护墙板，沿着地窖内的这堵墙到达墙顶处打开入口。至于那块护墙板，只要旋转卧室大门左侧的门柱，就打开了。他打开护墙板的过程中，造成卧室的门总是没有上闩的情景。

"船长脸上虽无任何愤懑的表情，却抱怨护墙板翘曲变形，害得他每次打开时，总是发出噼噼啪啪的声音。而我显然把它当成拍扶手的声音了。他不肯说出进屋的原因，可是很明显，他在房间里面藏匿了什么，现在想把它拿走。他发现要进入屋子而不被逮住是不太可能的，就决定想方设法利用屋子原有坏名声再加上他自己装神弄鬼的精湛演技把我们赶走。然后他打算像以前一样再租回房子，这样就有足够的时间拿走自己藏起来的东西。我得说他成功了,这房子实在太适合他了，就像他后来指给我看的那样，屋内有条通道把那口井与花园大墙外教堂的地下室连接起来，又跟一直延伸到教堂外海滨处悬崖上的某些洞穴连在一起。

"谈话中，特拜厄斯船长提出要从我手中租回房子。当时我正就房子这件事一筹莫展，这岂不符合我意愿，也让房东称心。所以最后商定对船长不采取任何措施，而且把整件事都遮掩过去。

"我向船长问起屋里是否真有什么奇怪之处，他可曾真的看见过什么奇异现象。他的回答是肯定的。他曾两次看见一个女人在屋内走来走去。船长说到这些，大家面面相觑。他告诉我们，她从不打扰他。

每一次见过之后,他自己都因犯事而险些被税务人员逮住。

"特拜厄斯船长是个观察仔细的人,他注意到了我掀起的地垫一角,靠在每扇门上。进入房间后,他在屋内四处乱转,那双又旧又湿的拖鞋踩得房内到处都是脚印,然后他又把掀起一角的地垫恢复原样。

"至于从臭不可闻的羊腿上掉下的那条蛆属于意外事故,不是他恐怖谋划的一部分。听说蛆虫令我们大为惊慌时,他简直乐不可支。

"我注意到霉臭气味来自关闭的狭小楼梯。船长打开护墙板后气味立即就飘了出来。而'砰砰'的关门声是他的另一个杰作。

"现在我讲到船长设计的鬼故事的结尾,也该解释其他怪事的难点了。首先,屋内明显是真有古怪的东西,这个东西以一个女人的形象现身。许多人在不同的情况下都见过她,所以完全否认这事是不可能的。不可思议的是我在屋内住了两年却什么也没看见,可是那位巡警待了不到20分钟就看见了那女人,房东、侦探和巡官也都看见了她。

"我只能假设,每个事例中,恐惧是一把打开看见那女人的感觉钥匙。巡警是个十分敏感的人,他害怕时就能见到那个女人。同样的原因适用于在场的各位。只有我真正变得惶恐时,才能看到。我见到的不是女人,而是一个到处不停奔跑的小孩。这件事我以后再说吧。简单地说,只有恐惧极度强烈时,人们才会受那种力量的影响,这股力量现在以一个女人的形象现身。我的理论解释了为什么有的房客从没有意识到屋内有任何奇特之处，其他人却感觉到了，马上就离开。他们越是敏感，那么他们意识到的恐惧程度就会越高。

"只有我看得见地窖内所有金属物质闪烁的光芒。我不知道为什么它们会发光，我也不知道为什么只有我一个人能看见那些光芒。"

我问道："你能解释一下那孩子的故事吗？为什么你看不见女人，而他们却又看不见那孩子呢？难道仅仅是因为同一股力量，对不同的人表现形式也不同吗？"

卡拉其说："不，我无法解释。但我肯定那女人和小孩不是仅有的两个完整而不同的存在，而且他们甚至不在同一个平面上生存。

"不过，给你一个基本的想法，斯各桑德博士认为，一个死产儿是被巫婆抓回去了。这种想法也许很不成熟，但却包含了一个基本的真理。我在解释得更清楚之前，先告诉你们人们经常所持的一种看法。也许有形的出生只是第二个阶段，在有形出生之前，灵魂之母一直在寻找一种微小的元素——最初的自我或形体的灵魂，直至找到它为止。或许，性格倔强的灵魂会竭尽全力企图从灵魂之母手中逃脱，我看见的那一幕也许就是那么回事。我一直企图同意这种想法，当那无形的女人从我身边走过时，我却无法忽视心头涌起的反感。这种憎恶推进了斯各桑德博士的想法，即一个死产儿是因为灵魂被巫婆抓回去了，所以才会夭折。换句话说，它是被外部空间的某种怪物掳走的。这一想法令人感到难以置信地恐怖。它是如此断续不全，毫无条理，才更令人觉得惊恐万状。它留给我们这样一种概念：孩子的灵魂在两个生命之间游荡，逃离我们不可置信又无法想象的东西（因为它不被我们理解），从而不停奔跑着穿过永恒。

"这种事无法做进一步的讨论。无论出于什么目的，对事物只有残缺不全的理解就进行认真的讨论都是徒劳的。有人认为——我自己也常常那么想：也许存在一个灵魂之母——"

"还有那口井呢？"阿克莱特问道，"船长是怎么从另一头进来的？"

卡拉其答道："我先前说过，井内的墙壁并不通往地底部，所以你只需身子稍稍浸入水中，就可从地窖底下井壁的另一头钻出来，向上爬进过道内。当然，墙壁两头的水处于同一高度。不要问我谁造了这口水井的入口和那小楼梯，我也不知道。我告诉过你们，屋子很旧了，而这些设施在以前是大有用处的。"

"那个孩子，"我又回到最让我感兴趣的地方，"你说孩子一定就是在那屋里诞生的。如此一来，是否可以设想，那幢屋子已与那些制造悲剧的力量融为一体——如果我可以在此使用这个字眼的话？"

"是的。"卡拉其答道，"假设我们接受斯各桑德博士的建议，就能以此来解释这种现象。"

我说："也许其他的屋子也——"

"是的。"卡拉其站起身。

"你们走吧。"他亲切地说道。那是他惯用的逐客令。五分钟之内我们已经站在了泰晤士河的河堤上,若有所思地各自回家。

"查维号"船的鬼影

"卡拉其最近有消息吗?"在伦敦城碰到阿克莱特时,我问他。

"没有。"他答道,"他可能又出去旅游了。再过几天,我们会收到他的明信片,请我们到奇恩街472号去的,那时就知道了。他真是个奇人。"

阿克莱特说完,继续赶他的路。卡拉其常常请杰瑟普、阿克莱特、泰勒和我到奇恩街472号,听他讲新闻、说故事。现在已有好几个月没请我们去了。他讲的新闻呀!可以说包罗万象、无奇不有,但又事事确凿。那些离奇古怪、诡异莫测的故事听得人张口结舌、毛骨悚然。

真巧,第二天早晨我就收到了一张简短的明信片,叫我七点整到奇恩街472号去。我第一个到,不一会儿杰瑟普和泰勒也来了,阿克莱特吃饭前才赶到。

吃过饭,卡拉其按例先抽香烟,然后舒舒服服地坐到他自己的扶手椅里,开门见山地讲了起来。我们知道,他请我们来就是要听他谈天说地的。

"我曾经乘坐一条真正的老式帆船去旅游。"他说,没有任何开场白,"查维号船是我的老朋友汤普逊船长的。我航海旅游主要是为了增进健康,但之所以选中查维号这条旧船,是因为汤普逊船长经常跟我讲这条船有点怪。于是,你们瞧,只要他一上岸,我就总是叫他过来,企图向他打听怪船的更多情况。但可笑的是,他从未能说出个所以然来。看上去是个万事通,但请他把所见所闻讲清楚,他就对发生的一切都茫然若失了。而且通常以你见到过的来应付搪塞,然后就毫无表情地摆摆手。对查维号船的怪现象,他似乎永远也说不出所以然来,只能提供些稀奇古怪的细枝末节。

"'再也不能让船载人了。'他常告诉我,'游客害怕他们看到或感受到的怪现象。你可知道,有人从桅杆上面摔下来,船的名声越来越坏。'说完,他就会叹息摇头。

"汤普逊船长真是个老好人。我上船后发现,他打开整一个空舱给我使用,作为我的实验室和工作室。他命令木匠根据我的要求在空舱内装好我所需要的设施。没几天,我就把所有的装备全都整齐安全地藏好了,既有机械的,又有电子的,我曾用它们驱过鬼怪。我随身带着很多工具,打算把怪船谜团弄个水落石出。虽然船长说确有其事,但又总是讲得含糊其词。

"照通常做法,头两个星期里,我将船彻底搜寻了一遍。我做得一丝不苟,却没有发现船上有什么异常现象。这是条旧木船。我仔细地东敲敲、西打打,观察每扇窗户,每面舱壁,察看船舱的每个出口,密封所有的舱盖。此外我还采取了许多其他预防措施。但两周过去了,我既没有看到任何怪异现象,也没有听见任何奇特声响。

"看帆船的整体,这条三桅旧帆船就是条普通的老式大船,它慢悠悠地穿梭于港口之间。现在我能描绘的是这条船'平静得反常',没有发现任何能证明老船长经常一本正经说的稀奇古怪事。我俩在船尾一起漫步时,船长常会说,用不了多久,我俩都会看到的。说着我们就停下来,长久地、有所期待又有点害怕地看着周围浩瀚的大海。

"到了第18天真的有事发生了。像往常一样,我跟汤普逊船长正在船尾漫步,突然他停了下来,抬头看着刚刚开始拍打桅杆的后桅帆。他瞥了一眼近旁的风向标,帽子往后一推,注视着大海。

"'起风了,先生。今晚有麻烦了。'他说,'你往那儿看!'他用手指着上风头。

"'什么?'我问道,不仅好奇,还带有点儿奇怪的兴奋注视着,'在哪儿?'

"'船舷的右方,'他说,'从太阳下面过来的。'

"'我什么都没有看见。'我注视着辽阔沉寂的大海好长一段时间后说道。现在已是风平浪静了。

"'那儿有鬼影。'老人边说边去拿望远镜。

"他调控着望远镜,看了很久,然后把望远镜递给我,用手指着远方。'就在太阳下面。'他重复了一遍,'正飞快地向着我们过来。'他出奇地镇定,毫无表情,我却听出他心中有些兴奋。我迫切地接过望远镜,根据他的指点全神贯注地观看。

"过了一会儿,我看到平静的海面上有一个模糊的鬼影。我盯着看时,那鬼影似乎在向我们这边移动。我痴迷地凝视了一会儿,想说我没有看到什么,同时又确信,远处水面的上方确实有些东西,明显地正在奔帆船而来。

"'只是个影像,船长。'我终于开口了。

"'正是这样,先生。'他简单地答道,'朝舵上方的北面看看。'他若无其事地说,就像一个人在说着他确信的全部事实,面对的却是以前有过的经历,只是在平淡的叙述中添加了一点深沉的和难抑的兴奋做佐料。

"按着船长的建议,我转过身,将望远镜对准北面,仔细搜寻。借助望远镜,我的视线在大海上方昏暗弧形的天空中来回地扫视。

"确实,我在望远镜里清清楚楚地看到了那个东西,模模糊糊的,是一个在水面上方的影像。那影像似乎正朝着帆船移动过来。

"'真是怪事。'我小声地说,声音中带着激动和好奇。

"'现在看西面,先生。'船长仍然以他特有的平静口气说。

"我往西面一看,马上就发现了那个东西——第三个影像。当我观看时,那影像似乎正在穿越海面。

"'我的天哪,船长。'我惊叹地说,'怎么回事?'

"'那正是我想知道的,先生。'船长说,'这些影像我以前见到过,这些影像有时很清晰,有时难得一见,有时像是有生命的,有时根本什么都不像,我无法恰当地称呼它们。有时想,我一定会发疯的,那不过是些无聊的幻觉。你感到奇怪吗?'

"我没有回答,因为我正有所期待地在船尾注视着南方。远处地平线上我的望远镜在海面又捕捉到一个模糊的黑色东西,看上去像个鬼影,那鬼影越来越明显了。

"'我的天哪!'我又嘀咕起来,'果真如此。'我又转向东方。

"'从四面八方过来了,是吧。'汤普逊船长说。他吹了下口哨。

"'把船上的三挂帆都拿走。'他对伙计说,'叫个小伙子把提灯挂到灯杆上去。天黑前,叫所有的人都安全地下来。'他最后做出了决定,同时那伙计就去查看命令执行的情况。

"'今夜我不会派人上去。'他对我说,'过去那样做已使我损失惨重。'

"'船长,毕竟它们可能只是一些影像而已。'我一边说,一边仍然热切地望着远在东边海面上模糊的灰色东西,'飘得很低的一点云雾而已。'虽然我这样说,其实连自己也不相信情况仅此而已。至于老船长汤普逊,他是从来不屑去做出什么反应的,只是伸手接过我递给他的望远镜。

"'它们靠近时,就渐渐变稀薄以致消失。'他说,'我有体验,以前常常见到它们这样变化。它们马上就要靠近帆船的四周了,但你我都看不见,其他人也看不见。它们一定会在那儿。要是现在是早晨就好了,我就看得见了。'

"他把望远镜交还给我,我就轮番地注视着每一个迎面而来的影像。汤普逊船长说得一点不错,当影像靠得较近时,它们似乎就扩散开了,变稀薄了,一会儿就消失了,变成昏暗的暮色。可以想象,我看到的只是四小片灰云,正自然地扩散开去,变得看不见、摸不着了。

"'在巡视时,我如果能拿掉船上的上桅帆就好了。'船长说,'今夜任何人都不准离开甲板,除非真有需要。'他悄悄地离开了我,望了望天窗上的气压表。'不管怎样,气压还是稳定的。'他离开时,嘀咕了一句,大概比较满意。

"这时所有的人都回到了甲板。夜幕降临,我开始瞪大眼睛察看那奇怪的、犹如鬼影的影像是怎样四面八方地靠近帆船,而后又是怎样消失的。

"当我和老船长汤普逊在船尾漫步时，你们能够想象得出我的感觉是怎样变化的吗？我常发现自己不时地、快速地向肩膀上方看上几眼，似乎感到船舷栏杆外的夜幕中，一定有一个模糊的令人难以置信的东西正在窥视船中心。

"我千方百计向船长打听，但除了我早已知道的情况外，从他那儿几乎一无所获。他是茶壶里的饺子，肚里有，却倒不出来，我又没旁人可问，因为船上的其他人，包括全部伙计，都是新雇佣的。这是一个重要的事实。

"'先生，你自己会明白的。'船长老话重提，对我的问题避而不答。有迹象表明，他似乎害怕讲出他知道的东西，有一次，我感到背上有什么东西而紧张得团团转时，他却相当平静地说：'先生，人在甲板上，又有灯光，没有什么可怕的。'在适应环境方面，他态度非凡，表示自己是无所畏惧的。

"夜里大约11点以前一直平安无事。突然，毫无征兆地，一阵狂飚向帆船袭来。狂飚中带着某种异常可怕的东西，似乎某个神灵正利用狂飚来达到一种罪恶的目的。船长却泰然处之。舵放下了，降下三挂上桅帆时，帆在晃动，接着降下三挂中桅上帆。海风仍在我们头上吼叫，几乎淹没了夜间船帆发出的响声。

"'将它们撕成布条！'在我耳边，船长的叫喊声盖过了风声。'没

有办法。今晚我不会派人上去，除非船上的桅杆摇晃得要掉到海里去。这是我头疼的事。'

"半夜八击钟鸣响前的近一个小时里，风并没有减弱的迹象，相反刮得更加猛烈。船长和我一直在船尾徘徊。透过夜幕，他总是担心地抬头看看正砰砰作响激烈晃动的船帆。

"我呢，无所事事，只有不停地注视着怪异的黑夜。船似乎牢固地镶嵌在漆黑的夜幕里。我感受到狂风声带来一种恐惧感，似乎有一种反常的东西在风中肆虐。我神经过度紧张，想象异常奇特。我害怕了，但到底为什么恐惧，却说不出来。确实，在自己全部经历中，像那次奇特狂飑中的感受，我从未遇到过。

"八击钟一响，另一班人到甲板上来值班了。船长不得不派所有的人都上去加固船帆。他开始担心，如果再拖下去的话，帆船的桅杆一定会报销的。加固帆船完工了，三桅帆船已做好抗风暴准备。

"尽管准备工作大功告成，但船长的担心还是得到了验证，令人胆战心惊。大家开始准备离开时，突然从上面传来了叫喊声，随后主甲板上响起了坠落声，紧接着又是一声。

"'我的天哪，有两个人出事了！'船长大叫，同时从前面的罗经柜里抓起一盏提灯，往下走到主甲板。不幸被他言中，有两个人已经摔下来了，或者说是从上面被抛下来的，现在已默默地躺在甲板上。

黑暗中，我们头顶上面传来了几声模糊的叫喊声，接着又是静得出奇，只有一阵阵的狂风在呼号、咆哮，吹打着船上的索具。情况更为恶化。船桅上面的人声息俱无，令人害怕。后来我知道，那些人正飞速地下来，又马上一个接一个利索地从索具里跳出来，站在倒在甲板上的两个人周围。先是各种各样的惊叫声、询问声，继而又如同往常一样，默不作声了。

"一种极为反常的压抑感与受惊的痛苦和可怕的期待交织在一起，缠绕在我的心头。怪风中站在死人旁边，我顿时感到有一种邪恶势力在统治着帆船周围的夜空，又有祸事要临头了。

"第二天早晨举行了一个庄严的小仪式。虽然很简单，但大家都满怀敬意。舱盖缓慢倾斜，倒地的那两个人就从舱盖上面向下滑入水中，顷刻之间就看不见了。看着他们在蓝色的深海中消失时，我有了个主意。下午我抽空把想法讲给船长听，然后赶在日落前我就安装好部分电器。我走到甲板上，往四周仔细地看了看。自两个人去世后，狂风奇怪地平息了，那天大海整天平静如镜。黄昏静谧得令人愉快，这时做我设想的实验是再理想不过的了。

"某种程度上，我相信我已经理解了前晚看到模糊又奇怪的鬼影出现的主要原因。汤普逊船长认为出现的鬼影与那两个海员的死无疑是密切相关的。

"我想事情的发生虽然奇怪,但完全可以理解,其原因在技术上称之为'引力振动'现象。哈泽姆在论及'引力作祟'的专著中指出,这些现象一定是由'引力振动'引起的,即由某种外部原因产生的暂时振动引起的。

"在我们这样的故事里,想要把'引力振动'现象讲清楚,确实勉为其难。但我决定要做实验,看看能否产生出一种相反的或'相斥'的振动,这些想法我考虑很久了。哈泽姆成功过三次,我有一次也取得了部分的成功。只是由于我带上船的仪器不够完善,所以失败了。

"正像我说的,在这样的小故事里,我无法再推理下去了。我想你们也不会有什么兴趣,你们感兴趣的是我考察中的奇闻怪事。现在告诉你们的原因已足以表明我推理的基础,也足以使你们期待'相斥'的振动实验。

"当太阳落到与地平线的夹角不到十度时,船长和我开始观察鬼影的出没。不一会儿,就在太阳下面,我发现移动着的灰色鬼影出现了,与我前夜看到的同样古怪。几乎是同时,汤普逊船长告诉我,他在南面也看到了同样的鬼影。

"我们在北面和东面也发现了同样的异常现象。那鬼影正从远处向帆船稳定地移动着。我马上启动电器设备,对着远方模糊而神秘的鬼影,发出了奇怪的相斥力。

"傍晚时分，船长已经对三桅帆船的中桅帆做好了抗风暴准备。他说，平静到来之前他不能也不敢冒险。按他的说法，异常现象总是出现在平静的天气里。船长是有道理的，因为有一次他在上中班时一场最大的狂飙袭击了帆船，将绳索上的四挂中桅上帆刮掉了。

"狂飙来时，我正躺在交谊厅的锁柜上。风力很大，帆船倾斜了。我向上跑到船尾，发现这儿气压很大，狂飙的噪声震耳欲聋。我感到到处都有某种异常吓人的东西，令人神经难受、过敏。

"尽管中桅上帆被刮走了，但没有派一个人上去。

"'让它们都刮走吧！'汤普逊船长说，'如果全听我的，就只留几根桅杆在船上。'

"大约午夜两点钟，狂飙极其突然地一扫而过。帆船的上方夜色清晰。从那时起我和船长一直在船尾漫步，常在接缝处停步查看灯光下的主甲板。有一次我看到了某些奇怪的东西，我同洗刷干净且亮丽的甲板之间似乎有一个不该有的鬼影模糊地掠过。我细察时，那东西不见了，因而我不能断定是否看到过什么。

"'先生，看得很清楚。'船长在我近旁说，'我以前只看到过一次，那次航行我们损失了一半人手。我一直在想，我们最好还是待在家里，无疑，鬼影最终会将船毁掉的。'

"老人斩钉截铁的话语几乎同他的镇定一样使我糊涂了。他说，我其实已经看到了在我同八英尺下面的甲板之间飘浮着的某种反常的东西。

"'天哪,汤普逊船长。'我感叹道,'这简直是糟透了。'

"'是啊。'他表示同意。'要我说,先生,你要是等下去,你就会看见的。这还只是一小部分情况,你等着吧,会看到它们变得像一朵朵小黑云,飘浮在帆船周围的大海上,与帆船一起稳稳地移动。同样,我看到它们出现在船上也只有一次,以此推测,我们得在船里努力寻找它们。'

"'这到底是怎么回事?'我问。尽管我想方设法地问他,但从他那儿却没有得到过任何满意的答复。

"'你会明白的,先生。你等等就会明白的,这是条怪船。'他的解释也就仅此而已。

"此后剩余的观察时间里,我倚靠在船尾的接缝处,向下注视着主甲板,偶尔迅速地向船尾瞥上几眼。船长又稳健地在船尾漫步,但不时地在我身边停下,十分平静地问我是否看到'它们还在那儿'。

"好几次,我看见有个模糊的东西在灯光下飘动着,在空中忽东忽西地微微波动,似乎是一种会动的稀薄东西,偶尔又忽隐忽现,然后就消失得无影无踪,我甚至还没能记住到底是个什么东西。

"观察即将结束时,船长走到我身边,倚靠着横贯接缝的舷栏。'那儿又有一个。'他平静地说,轻轻地用肘推推我。对着主甲板的左边,大约在我们左边的一二码处,船长和我都看到了非常奇怪的东西。

"他指的地方有一个隐隐约约、模模糊糊的鬼影,似乎悬挂在甲板上方的一英尺处,慢慢地看得见了。那东西的里面在动,一种油状物不断地由中心向外旋转。那东西已膨胀到直径有几英尺了。灯光下,甲板上的船板都显得模糊了,由中心向外的运动现在已经十分清晰了。整个怪物变黑了,颜色越来越浓,以致遮盖住了下面的甲板。

"我饶有兴趣地注视着,那东西整个儿渐渐地变稀薄了,马上又散开,因此就只能看见一个模糊的圆形鬼影,这个影像在我们与下面的甲板之间模糊地盘旋和翻卷,继而散开,消失了。我俩待在那儿,注视着下面的一块甲板,在夜间灯光的照射下那儿的船板和倾斜的接痕,显得清晰而又分明。

"'太奇怪了,先生。'船长一边若有所思地说,一边摸出他的烟斗,'太奇怪了。'然后点上烟斗,又开始在船尾漫步了。

"大海像一面镜子,平静持续了一个星期。每天夜里奇异的狂飚却不断,而且没有预兆。在黄昏时船长就加固帆船上每样东西,耐心地等待着狂风。

"每晚我都做实验,试图发出一种'相斥'的振动,但毫无结果。我不知道实验是否会有结果。平静渐渐地呈现出永久的一面,与过去相比，这很反常。大海更像是一面镜子，平静、毫无波澜。其余时间里，白天一片寂静，静得不像个现实世界，从来也看不到海鸟在飞翔，帆船行进时，连常有的圆杆和帆具嘎吱嘎吱声都听不见，而这种声音在平时是常能听见的。

"最终我似乎感到熟悉的世界已不再存在了，只有大海永久不断地流向远方。夜里剧烈的怪飓升级时，大海似乎又成了破坏和肆虐的象征。有时候船上的圆杆眼看就要被毁掉和扭曲，但所幸的是那样的灾难没有发生。

"日子一天天地过去，最终，我相信了我的实验正在产生非常明显的成果，虽然与我所希望产生的结果是相反的。现在，每次日落时，当振动一开始，某种轻烟似的灰云几乎立刻在远处的各个地方出现。这样，我就可以不再长久地企盼，而更多地到实验中去探索了。

"这种事态我们感受了一个星期，我终于找老船长汤普逊长谈了一次。他同意让我对实验结论做一次大胆的测试，就是从日落前起，直到第二天的黎明时，让振动开足马力稳步地试行，并仔细地记下结果。

"以此为目标，一切准备就绪。顶桅帆和上桅帆的帆桁都放了下来，所有的船帆都藏了起来，甲板上的一切东西都加固了。海锚放到了船头外，一条长长的锚链放松了。这样就能保证，夜里怪飓袭击我们，不管它从什么方向来，帆船总可以顶风行驶。

"下午晚些时候,所有的人全被送上船舱,告诉他们可以自娱自乐,上床睡觉或者做任何自己喜欢的事情,但不管发生什么情况,夜里不要到甲板上去。为确保这一点,左右舷的门都上了挂锁。然后我在每个门位的对面制作了萨玛仪式的第一符和第八符,而且每隔七英寸,用三股绳横着将符连接起来。阿克莱特,你对魔术懂得比我多得多,你一定会知道这是什么意思。然后我用电线在舳楼外面绕上一圈,又向上连接到我的机器上。那机器是我在艉部的储帆室内事先装好的。

"我对船长解释说:'事实上,船员们不会有很大的危险,除了会遇到预料之中风雨大作那种风险。只有那些"自以为是"的人才真的有危险。"振动的路线"会在仪器的周围产生一种"晕"一样的东西。我不得不待在那儿去控制,我愿意冒险。但你最好还是进舱,三个伙计也得这样做。'

"老船长拒绝进舱,三个伙计也请求让他们留下来'饱饱眼福'。我很严肃地告诫他们,可能会发生非常令人不快的,甚至是不可避免的危险。但他们都同意冒险。我能告诉你们的是,他们自愿陪着我,我却一点儿也没有什么过意不去的感觉。

"我干起来了,需要时叫他们帮帮忙。不多一会儿,我就把所有的工具都摆放得井然有序。然后,我从船舱里穿过天窗向上拉电线,将振动盘和振动箱放到天窗前边与储帆箱盖之间看得清的空隙处,先放平，然后用螺钉紧固在后甲板上。

"我让三个伙计和船长紧靠在一起，各就各位。我告诫他们，无论发生什么事情都不要动。我独自干起来了。我用粉笔在我们坐的地方的周围临时画了一个五角星符，仪器也放进去了。我们周围装好了电五星，天色已近黄昏，我赶忙去拿装到五星上的真空管。装完后，我打开开关，真空管就通电了。一刹那，灰白的强光单调地照亮了我们的周围，在最后的一抹暮色中，光线显得冷峻而虚幻。

"接着我马上将振动射向整个空间，自己则坐到控制板旁边。在这儿我对其他人交代了几句，再次告诫他们，如果珍惜生命的话，那么不管可能看到什么或者听到什么，都不要离开那个五角星符。他们点头表示同意，我知道他们真的记牢了实验中可能发生的危险。

"大家都穿着油布雨衣安心观察，我估计实验中将会有风雨大作之类奇怪的现象出现。我们已做好过夜的准备，我必须做的另一件事就是没收所有人的火柴，这样就没人会因恐惧而去点燃香烟了，因为光线会'诱发'某种魔力。

"我用海员望远镜注视着地平线的周围。暮色苍茫中，几海里外的远处，有一片海面整个儿奇怪地变暗、变模糊，慢慢地这种景象更明显了。我马上感到，可能是一片薄雾，离船四周很远，位置又很低。我观察得十分专心，船长和其他三个伙计同样也在各自的望远镜里观看到这种景象。

"'快速地冲着我们过来啦,先生。'船长低声说,'我把这称作与鬼做游戏,只是希望不要出事。'他就此停住。随后几个小时里,船长和其他几个人都奇怪地默不作声。

"海面上夜幕悄悄地降临了。我们再也看不见过来的怪雾了。一片鸦雀无声,我们五个人都感到极为紧张和压抑。大家警惕地、默默地坐在通电五角星符的灰白色圈内。

"不一会儿出现了某种奇怪的无声闪电。这里的无声,我是指当闪光近在眼前又照亮周围模糊的海面时,听不到有什么雷声,因此闪光中未必有什么真实的东西。说起来这真是一件怪事,但我的印象就是如此。我看到的是闪电,而不是物理学上的电流本身。当然,我无意从技术含义上使用这个词语。

"突然一阵奇怪的颤动从一头到另一头,在通过船身后消失了。我向前向后看了看,然后向他们四个人瞥了一眼。他们反过来注视着我,有些吃惊、害怕和迷惑不解,但没有一个人开口说话。大约过去了五分钟,四周什么都听不见、看不见了,只有仪器发出轻微的嗞嗞声,以及无声的闪电,一闪接一闪地,照亮了帆船周围的海面。

"果然最为异常的情况发生了。那奇怪的颤动又一次通过帆船后消失了。紧接着帆船马上波动起来,先是前后波动,然后侧来侧去地左右波动。帆船竟奇怪地在平静如镜的海面上波动，对此我只能说，波动里有一只看不见的巨手在抬起它、戏弄它，以某种奇怪的、令人十分厌恶的运动节奏翻来覆去地使帆船倾斜。这样的波动持续了两分钟左右，最终帆船上下晃动几次，又颤动一次，平静了下来。

"大概整整过去了一个小时。其间，我只观察到帆船轻轻地晃动过两次。第二次晃动过后，紧接着是几次奇怪的波动。然而这种现象只持续了几秒钟，此后夜静得既反常又压抑，不时地被无声闪电的闪光所刺破。而我一直在尽最大努力研究海面和帆船周围的大气。

"有一点是明显的，周围模糊的东西在帆船上方缩得更小了。我能看清楚最亮的闪光不会超过周围四分之一海里，再远就看不见了。要想深究远处的鬼影，虽然没有什么深奥的学问，但已非视力所及，因而就不能确切地知道那儿是否有什么东西。某种现象把远处的整个海面遮蔽起来了，限制住人们的视线。我讲清楚了吗？

"奇怪的无声闪电越来越强烈，闪光也更频繁，闪电和闪光几乎连成一片，可以不间断地观看整个近海。但闪光再亮也敌不过单独发亮的闪电，闪电正默默地大量地围着我们盘旋。

"大约这时候，我开始有一种奇怪的窒息感。每次呼吸都有些困难，立刻又有一种明显的痛感。三个伙计和船长也在奇怪地小口喘气。振动器微弱的嗞嗞声像是来自十分遥远的地方。此后是一片肃静，静得叫人隐隐约约地感到有种发麻的头疼。

"时间一分钟一分钟慢慢地过去。突然我看见了某种新的现象。帆船周围的空中飘浮着一些灰暗的东西，它们是如此模糊和稀少，以致一开始我还不能肯定我看到了什么，但不一会儿已没有什么疑问了，它们就在那儿。

"在无声闪电强光的不断照射下，它们显得更清晰，颜色也越来越深，体积也逐渐增大，开始呈现为凸起状，离海面只有几英尺。

"我看了整整半个小时。那些奇怪的小黑丘样的东西正在水面上方飘浮，围着帆船慢慢地、持续不断地旋转，我眼中产生了这样一种感觉，这一切全是梦幻。

"后来我才发现还有个情况，那一个个模糊的凸起物绕着我们旋转时，又开始上下波动起来，同时我意识到，类似的波动开始向帆船传播，起初很小，不一会儿连船也会跟着动。

"凸起物波动不断，帆船的波动幅度随之加剧。先是船头往上翘，然后是船尾，好像帆船中间装上了枢轴。一阵奇怪的颠簸后，帆船停顿下来成为水平状。在水的浮力下，帆船的重量又慢慢地减轻了。

"突然，异常的闪电中断了，四周一片漆黑，只有我们上面的电五角星发出苍白的令人不舒服的强光，仪器微弱的嗞嗞声在夜里听起来好像很远。这一切你们能想象吗？我们五个人待在那儿，神情紧张，小心翼翼，不知道将会发生什么情况。

"开始没有什么大不了的事，只是船的右舷向上微微地一颠，然后再一颠，颠了三次后，整个船明显地向左倾斜。帆船继续颠着，有节奏地倾斜着，每两次颠簸之间就会奇怪地按时停顿。突然我醒悟到，我们处境极其危险，因为在一片寂静的漆黑夜幕中，帆船正在被某种巨大的神力倾覆着。

"'我的天哪，先生，停下来！'船长叫道，声音急促而又十分嘶哑，'船马上就要毁了！船要毁了！'

"他跪了下来，注视着周围，抓着甲板。三个伙计也用手抓着甲板，以免从陡峭的斜面上滑下去。那一刻帆船最后一次倾斜，甲板就竖了起来，几乎像一堵墙。我一把抓过振动器的控制杆，将它转了过去。

"帆船一颠，开始恢复起来，甲板的角度立刻减小了。随着小节奏的颠簸活动，帆船在继续恢复着，直到又一次处于水平状态。

"帆船在恢复水平过程中，我已知道紧张气氛的变化和右边远处的巨大噪声。这是风在吼叫。闪电的巨大闪光一道接一道，头上雷声隆隆。右边风的嘈杂声上升为刺耳的尖叫声，划破夜空向我们传来。闪电停止了，较近处的风声淹没了深沉的隆隆雷声。离我们还不到一海里，狂风发出最为可怕的咆哮声。黑暗中尖叫声愤怒地向我们传来，淹没了其他一切声音。另一边的整个夜空像广阔的悬崖峭壁，对着我们发送高亢又可怕的回声，我知道这么说很奇怪，但它可能有助于你们体验那种情景，那时我就是这种感觉——夜晚那怪异的空洞感在我们的头顶上方一直盘踞，而高高的空旷处却满是响声。你们听懂了吗？极为反常。周围极其空旷，我们好像来到了失踪世界的悬崖峭壁上。

"然后，狂风骤然向我们袭来，它的咆哮声、威慑力和疯狂性让我们目瞪口呆。我们呼吸困难，昏昏沉沉，单是狂风对光秃秃的圆杆和船边的压力就足以使船向左边侧翻。无数白沫吼叫着，像雪花似的洒向我们。我从来也没有见到过这样的场面。我们都在船尾趴下，见到什么就抓住什么。当五角星符被击得粉碎时，我们就处于一片漆黑之中。暴风雨终于降临到我们头上。

"早晨暴风雨平息下来。到了傍晚，我们沐浴着舒适的海风，但水泵不得不连续地开着，帆船有一条相当大的裂缝。那天夜里，我们就被接走了，然后我们不得不登上小船。至于查维号帆船，它现在正安全地躺在大西洋底。最好让它永远地待在那里。"

卡拉其讲完了故事，拍打着烟斗，倒出烟灰。

"但你还没有说明，"我指出，"是什么原因使帆船变成那个样子？又是什么原因使帆船变得与众不同？那些鬼影和怪事为什么会偏偏发生在这艘帆船上？你是怎么想的？"

"这个嘛，"卡拉其答道，"我的看法是帆船正处在一个焦点上。这是一个技术术语，对这个术语我能做的最好解释是帆船具有'引力振动'，即能将附近任何超自然的波吸引过去的一种力，帆船起的是中介作用。'振动'获得的方法，再用一个技术术语，当然纯粹是一种假设。这种力可能是由于适合条件的船在许多年里累积起来的，也可能在造船过程中，安放龙骨的那天起它里面就有了。我的意思是放置船环境条件的方向，'电压'的状态，锤击的本身，适合这种结局的一切物质的偶然组合——这些都可能会导致这种情况。现在谈到的只是一些已知的原因，大量的未知原因要在这样简短的闲谈中去推测是徒劳的。

"我想在这儿提醒你们，我有一种想法，即某些所谓闹鬼的现象，其原因可能就在'引力振动'里。一栋楼或一条船，正像我推测的，可能会产生'振动'，甚至在合适条件下组合起来的某些物质也可能会产生一股电流。

"这个话题再说下去是没有什么意思的。我更想提醒你们，玻璃因钢琴上弹出的某个音符会振动起来。为消除所有你们感到困扰的问题，我给你们提个简单的小问题去思考：什么是电？我们把那个问题搞清楚了，那下一步就该是更为系统地去研究了。我们现在推测到的还只是神秘王国的奇怪一角。现在，我想你们都应该去做最要紧的事，就是回家睡觉。"

简明扼要地讲完这些话，卡拉其马上以最体面的方式将我们送到伦敦泰晤士河的河堤上。外面一片寂静,有些寒气。他衷心地与我们一一道别。

幽灵缠绕

此刻我们正乘着这艘船横越北大西洋,船上的医生倒颇是个人物。

"那应该是物质。"年迈的医生若有所思地说道,"物质加上环境——还有嘛——"他缓缓地继续着,"可能还有第三种因素——是的,第三种因素,不过嘛——"他突然止住了这若有所指的话语,开始装起烟斗来。"说呀,医生。"我们满怀期望,急切地催促着他。

这一幕发生在沙草号船的吸烟室里。他终于装完烟斗又点上,坐好之后,接着细细道来。

"生命力一定是借助物质作媒介才能显现自己——物质就如同一根支柱,缺少它,生命力就无法尽情发挥,就无法以显而易见的形态表现自己。物质在我们所说的生命中所占的份额是举足轻重的，而生命又是如此急迫地想表现自己，所以我确信，在适宜的条件下，即便是依附于一块简简单单的锯木那种毫无生气的物质，生命力都会显露出来。各位可知道其中的缘由——因为生命力是暴戾无度且杂乱无章的破坏者，而如今，有些人才开始渐渐认为这正是生命自由的精髓所在。这样说好像有点自相矛盾，不合逻辑。"发丝灰白的他点了点头，做出了结论。

"医生，我明白了。"我接过话来，"简单地说，您的观点是，生命是一种物，一种状态，一个客观事实，或是一种元素，随便您怎么命名，总而言之需要通过物质来表现自身。换言之，生命是释放的产物，它通过物质来显现，依靠环境而生成——对吗？"

"正如我所言，"老医生答道，"不过，我要提醒你们，还可能存在第三个因素。我内心深信这是一种化学反应——发生在环境和相应的物质之间的反应，生命的蛮力一旦得到适合的环境，就变得无所不能，会抓住任何可能的物质来现身，这种力量缘于环境。但我们对这其中的奥妙又丝毫没有更深入的了解，所能做的解释也不比对电或火的解释多。这三样都是冥界的势力——是外空间的鬼蜮。我们是无法人为造出其中任何一样的，我们的能力仅限于创造条件，并感觉到它们的存在。我说得够清楚吗？"

"够清楚了，医生，从某种意义上来说是清楚了。"我答道，"我虽明白您所讲的，可我不能同意您的看法。我认为电和火应该属于自然的物质，而生命则是抽象的——充满着意识。哦，我也说不清到底是什么！可谁又能说清楚呢？但生命终是和精神有关的，而不是如你所说，是源自某种外部条件，比如说火或电。你这样想真是太可怕了。生命是一种精神奥秘——"

"孩子，冷静点！"老医生从容不迫地笑笑，"要不你说一下贝类或是螃蟹之类的生命有何精神奥秘？"他朝我咧咧嘴，故意跟我抬杠似的说道，神情难以琢磨。"不管怎么说吧，"他接着说，"我想你们都猜到了，我会讲个故事来证明生命与其说是秘密、是奇迹，倒不如说是火、是电。不过，先生们，请记牢，就算我们已经成功地命名又利用了火和电这两种力量，它们与生俱来的神秘性还是无法消除的。总之，我要讲的不是解释生命的奥秘，而是坚持自己对生命的看法。生命是通过环境来表现自己的力量——也就是说，是一种化学现象——而且生命会错把自己的意图和需求，寄托在最难以置信最不可能的物质身上，因为没有物质，它就无法存活，无法表现自我——"

"医生，我还是不同意。"我打断了他，"您的这套理论可能会毁掉所有人对死后的信仰。这会——"

"安静，小鬼。"他和颜悦色地笑笑，表示理解，"先听听我要讲什么嘛。无论如何，你对死后的物质生命有什么异议吗？要是你不认同物质架构，那我得提醒你，我所讲的是生命，和我们的生命是一样的东西。现在，安静下来小伙子，不然，我可没法讲故事了。

"各位，这是很多年前的事了。那时我还年轻，考试刚刚结束，我感到精疲力竭，所以决定出海航行，放松一下。我一点都不阔绰，所幸的是在一艘船上谋到一个有名无实的医生职务，这是一艘驶向中国的客运快速帆船。

"在这艘贝奥·普斯号的帆船上，我装配好所有的设备。不久，船就起航，沿泰晤士河顺流而下，翌日就出了河口，驶进英吉利海峡。

"船长加宁顿不太有文化，但是个体面正派的人。大副是伯利斯先生，严谨苛刻、沉默寡言，但博览群书、知识渊博。二副赛尔文先生在这三人中大概是最有修养的一位，但较前两位少了些不屈不挠的毅力和勇气，多了些敏感，在智力和感情上，他却是警惕性最高的一个。

"行进中，我们曾在马达加斯加岛靠岸，送走了一些乘客，然后又向西北方向前进，下一次打算停靠到西北角。然而在东经100度左右的地方，天气骤然恶化，狂风暴雨冲着所有途经的船帆，还打裂了我们船的第二根斜桅和前桅。

"暴风雨把我们向北卷出了几百里地才放了我们一条生路。帆船元气大伤，一派糟透的景象：船体结缝处的进水已有约三英寸高，第二根斜桅和前桅快折断了，主桅也有折裂痕迹。两只救生艇不知去向，装着三只肥猪的猪圈也被暴风雨冲击得无影无踪了。虽然暴风雨停止了，但海面仍然十分凶险。

"风暴直到黄昏时分才转变方向。第二天清晨，天气异常晴朗——阳光灿烂，温和安宁的海面上波光粼粼。赛尔文先生发现西面大约两里处有另外一艘船，他指给我看，原来并非只有我们在这里啊。

"'医生，那船真是古怪。'他边说边把自己的望远镜递给我。

"我用望远镜对着那船观看，明白了他的意思，至少我自以为是明白了。

"'对，赛尔文先生，'我说，'模样很老式。'

"他听后就笑我，神态却不令人讨厌。

"'医生啊，就知道你不是个水手料。'他评价我说，接着分析道，'这船的古怪之处可多了去了。这是一艘弃船，一直在四处漂泊，看外观该有二十来年了。它船艉和船头的形状，还有船头破浪处，按你的话说，都老掉牙了。这船落入海魔之手应该颇有些年头了。船身长满了海草；索具已不能用了，上面厚厚的一层白霜应该都是盐垢。这是艘小三桅帆船，可你看到没有，帆没有撑到桅顶，反而落在吊索之外，全都腐烂了。奇怪的是，僵化的绳索居然还在。希望老头子能让我们划小船过去瞧瞧，实在是值得一看啊。'

"可是，这个愿望恐怕难以实现，因为整整一天，所有的人都在不停地全力修复桅杆和齿轮的损伤处，这是既费时又费力的事。我也跟着干，帮忙推甲板绞盘，这种锻炼对我的肝脏是有益的，老船长加宁顿颇为赞赏，我干脆劝他一起来锻炼锻炼，他应允了，我们也由此熟络起来。

"我俩谈起了那条弃船，他说，暴风雨把我们吹过来时，那条船就在我们的下风方向，我们没在夜里跟它撞个正着真算幸运。他也提到这船的模样怪异又古老，但究竟如何古老，他知道的显然没有二副多。我说过，他没接受过多少教育，知道的航海知识也就仅限于自己的航海经验而已。他可不像二副，能从书本上对古船只有所了解，因而描述眼前这样一艘古船就捉襟见肘了。

"'是条老船，医生。'这就是他能知道的全部了。

"不过，我提及上去巡视一番会很有趣时，他竟然点点头，好似他早有此意，可谓水到渠成。

"他答应道：'医生，等这活儿干完了再去，现在可腾不出人手来，得尽量把船修好。到二时班的时候，一切都井井有条了，划我的快艇下去。那时气压也稳定了，我们就去消遣消遣吧。'

"傍晚用过茶点，船长下令打扫快艇，再放下船去。二副和我们一道去，船长命令他带好两三盏灯。很快夜幕就降临了。又过了一会儿，我们一行带着六个划桨的船员，穿过平静的海面，向弃船飞速奔去。

"各位，我已事无巨细，所有的实际情况都跟你们详细讲了，这样你们就能一步步地理解这件怪诞的事了。现在，请聚精会神地听我继续讲吧。船长指挥方向，我和他还有二副坐在划艇尾部。离那怪船越近，我就越发好奇，船长和二副也有同感。我说过，那船在我们的西面，落日在它背后辉映出一片光芒，火焰般的红色晕光照得我们视线模糊，船影影绰绰，轮廓难辨，几乎看不到腐烂的船桅和僵直的绳索，一切仿佛都溶入海水之中了。

"因为日光的原因，小艇划得很近时，我们才看到船的周围到处弥漫着奇怪的浮藻，火红的落日余晖下很难判断出到底是什么颜色，之后我们才看出是褐色的。大片大片的浮藻无规则地四散在弃船的周围，有好几百码的样子，还有一大片从右舷向东面延伸出约20米的光景。

"'真是奇怪的东西。'加宁顿船长说着，侧身看看船舷的右侧，'可能是船上的货物烂掉了，腐烂物慢慢渗出船体的裂缝所致。'

"'瞧那船头和船尾，'二副说，'看船身上长出的那些密密麻麻的东西！'

"就像他说的那样，船头和低低的外倾艉端下长满了一大簇一大簇奇形怪状的真菌类植物。从艏斜帆桁上的柱子和艏柱分水处垂下一丛丛长须似的白霜和海生植物，这一切都笼罩在浮藻中。它那空无一物的右舷呈现在我们眼前——茫茫然一片死寂而暗淡的白色,模模糊糊地夹杂着一块块隐约的深色条纹与斑点。

"'船上升起了一股蒸汽,要不就是烟雾。'二副又开口说道,'背着光就能看见,时隐时现的,你们看!'

"然后我就看到了他说的那些东西——是一抹淡淡的烟雾或是蒸汽,不是悬在老船的上方,就是从船体里升起的。加宁顿船长也看见了。

"'是自发燃烧!'他叫道,'盘踞在船上的该不是什么恶魔吧?虽说不可能,但咱们打开船舱的时候还是得小心点。'

"现在我们离那破旧的弃船只有200码左右的距离了。快艇驶进了褐色的浮藻中,浮藻汹涌地弥漫在向上举起的船桨周围,我听见其中一个人低声咕哝了句:'该死的糖浆!'实际上,不能说它不像糖浆。小船继续缓慢前行,离那弃船越来越近时,浮藻也变得越来越厚了,以至于它明显使小艇的速度减缓了许多。

"'伙计们,加快速度!用点力气!'加宁顿船长大声喊道。之后除了大家的喘气声,沾满浮藻的船桨反复发出划动时"扑哧扑哧"的声音外,周围一片寂静。小艇勉强地向前行驶着,我意识到夜晚的空气中有种奇异的气味,虽然我能肯定是船桨划过浮藻散发的气味,但还是觉得有点不对劲,可又说不出究竟是什么;恍惚中它给我一种很熟悉的感觉。

"现在我们离那弃船已近在咫尺,它高高矗立在暝曚的夜色中。这时船长叫了一声'收起头桨,准备撑篙',大家按着吩咐做了。

"'上船喽!喂!上船喽!'加宁顿船长高声喊道。可是他每一次大声叫喊后,声音都消失在空旷的大海上,没有人回答。

"'喂!上船喽!喂!'他喊了一遍又一遍,但是回答我们的只有破旧的船体那沉闷乏味的寂静。不知怎的,他喊叫时,我抬头期待地看着那艘弃船,有些古怪的压抑感在我心底涌起。渐渐地,这种感觉几乎累积成了紧张的情绪。尽管瞬间闪过,但是我注意到天色越来越暗。在热带地区,黑夜的降临来得特别迅速,与其说暮色瞬间变暗了,倒不如说是紧张令我变得过分敏感。我不是个轻易激动的人,所以猛然而至的紧张情绪便显得尤其强烈。

"'船上没有人!'加宁顿船长说,'加快速度,伙计们!'小艇上的水手们原来斜靠在划桨上,现在又开始加速,接着二副兴奋地大叫起来:'嘿,看那儿!那是我们的猪圈!瞧,底下写着"贝奥·普斯"。猪圈顺水漂到这里,居然被浮藻抓住了,多奇妙啊!'

"就像他说的那样,我们的猪圈被暴风雨冲进了海里,竟然能在这里碰到,真是太难以置信了。

"'我们走的时候把它一起拖走。'船长冲着水手们嚷嚷,叫他们仔细注意好自己手上的船桨。浮藻厚厚实实地紧紧绕在弃船周围,完全阻止了小艇的前行，我们几乎无法向前挪动。当时我记得自己模模糊糊觉得有些古怪：猪圈里装着三头死猪，却能独自漂浮那么远的距离，可我们一进入浮藻范围就几乎无法再让小艇前行一步。那念头在我脑中稍纵即逝，因为接下来的短短几分钟内发生了许许多多的事情。

"水手们终于设法使小艇前行到了离那废船不过几英尺的地方，手拿撑篙的那个人用撑篙勾住了弃船。

"'前面那位，船勾住了吗？'加宁顿船长问道。

"'是的，先生！'前桨手回答道。说话时，传来一阵诡异的撕扯声。

"'那是什么？'船长问道。

"'先生，扯断了，没勾住！'从他的语气中听得出，他受到了惊吓。

"'那就再勾一次！'加宁顿船长烦躁地嚷道，'别以为这东西是昨天刚造好的！把撑篙朝舷侧主支索扣板上扔！'实际上那水手已经做得极其小心谨慎了。在愈来愈深的暮色中，我见他使出浑身力气来撑篙，其实这么做毫无必要——你看，那只弃船浑身布满了浮藻，根本走不了多远。我仰头看到弃船那凸出的一侧时，便想到了这点。随即加宁顿船长的声音又在我耳畔响起。

"'上帝啊，这可是一艘旧船啊！可是医生，你看船的颜色！根本不需要涂漆，不是吗？好吧，伙计们，谁给我一支桨。'有人递了一支桨给他，船长将其斜撑在弃船朽腐凸出的船舷上，然后，他停下来，命令二副点上几盏灯，做好准备把这些提灯递上来。此时整个海洋都笼罩在黑暗中。

"二副点上两盏灯，又叫其中的一个人点了第三盏，把它们放在船上伸手可及的地方；然后二副双手各拿一盏灯，穿过两旁的水手，走到船桨斜靠的那一侧，船长就站在船桨边。

"'那么，伙计，'船长对划尾桨的那个家伙说道，'从你开始，我们把灯传上来给你。'

"尾桨手听从船长的命令，跳起身来走到船桨边，准备跨步撑上去。此时，似乎有什么东西陷下去了一点。

"'看！'二副惊叫一声，拿着灯指向船桨，'它下坍了！'

"他说的不假。船桨朝那弃船凸出又黏滑的一侧深深陷了下去。

"加宁顿船长朝弃船俯身张望了一下。'我觉得是霉菌。'他对尾桨手吩咐道，'伙计，你先上，机灵点！别站在那里干等！'

"尾桨手刚才撑桨时，感到船桨在他体重的压力下有些下陷，所以停了一会儿。此时听了船长的话，他接着向上爬。不一会儿，他就上了弃船，从舷栏处俯下身来接提灯。大伙把灯传到他手上，接着船长让他固定住船桨。加宁顿船长跨上桨去，然后他叫我跟在他身后，二副压阵。

"船长将脸探过舷栏时，不由惊讶地大喊一声。

"'霉菌，老天！——成吨成吨的霉菌！我的天！'

"我听到他的喊声，在他身后更加急切地往上爬。不一会儿就看到了船长说的那东西——在两盏灯的灯光照射下，到处都是一大团一大团、一层又一层光滑而肮脏的白色霉菌。我爬过舷栏，二副紧紧跟在我身后。接着我就站在了霉菌覆盖的甲板上。感觉霉菌的下面好像没有船壳外板，走在上面，就像走在海绵或者布丁上一样。霉菌把甲板上所有的东西都盖得严严实实的，每一样家具与设备的形状都只能看出个轮廓来。

"加宁顿船长从尾桨手手中猛地夺过一盏灯，二副拿了另一盏。他们举着两盏灯，大家目不转睛地看着船上的一切。太令人惊奇了，不知怎么的也更令人作呕。先生们，我再也找不出其他的词语来形容当时我心中的那份强烈的感受。

"'我的天！'加宁顿船长一连说了好几次，'我的天哪！'然而二副和尾桨手却一言不发；至于我，只能瞪大眼睛看着，同时轻轻嗅了几口空气——空气中弥漫着某种淡淡的气味，我觉得有些熟悉，可是不知道为什么隐隐感觉到一种潜在的恐惧。

"我不时转身看看这里，又看看那里，到处都是厚厚的霉菌，弃船完全被掩盖起来了，甲板上所有的设备都变成一团团无法辨认的物体，一个个就好像是霉菌覆盖的小土堆。那一团团灰白色的霉菌上，布满了一道道不规则的暗紫色斑纹，显得脏兮兮的。

"加宁顿船长提醒我们注意一个奇怪的现象——我们踩在霉菌上面，并没能压碎或是踩透它的表层，只在其表面上出现了凹痕，这是有悖常理的。

"船长蹲下身子，提着灯仔细照看着脚下的霉菌，然后说道：'从来没见过这么奇特的东西！从来没有！'他用脚后跟重重地踩踏，好像踩在布丁上似的，霉菌发出一种沉闷的声音。船长迅速蹲下身子，举着灯贴近甲板瞪大眼睛查看：'感谢主！但愿那不是动物的毛皮！'

"我和二副及尾桨手也纷纷俯下身去看个仔细。二副用食指戳了戳那些霉菌，我记得自己当时有好几次用指关节敲了敲霉菌层表面，听其发出'笃笃'的沉闷声响，可见它的质地是很稠密结实的。

"'布丁！'二副说道，'就像那该死的布丁！呸！'他匆匆起身说，'而且还嗅到一股恶臭。'

"他说到这些，我才突然明白那一直萦绕在我们身边的模糊气味究竟是什么——它带着一种仿似动物的体味；两者是很相似的，不过气味比体味更强烈一些，你在任何有大批老鼠出没的地方都能闻到这种气味。瞬间我感到非常不安——也许弃船上有无数只饥肠辘辘的老鼠。这些老鼠在饿慌了的情况下，是极其危险的。可是，当我想说出自己的想法让大家好有所防备时，我却莫名其妙地犹豫了，毕竟，这种想法太无根无据了。你们能理解我当时的感受吗?

"加宁顿船长与二副沿着霉菌覆盖的主甲板向船尾走去,两人高举着灯好使灯光将船上的一切照得明亮些。我迅疾转身走在他俩身后,尾桨手紧紧跟在后面,他有些慌乱。走着走着,我觉察到空气里有些潮湿,不由联想起刚刚看到的飘浮在弃船上淡淡的烟雾,加宁顿船长当时还解释说这是自发燃烧呢。

"我们一直往后走,身边始终缭绕着隐隐的动物体味,刹那间,我希望我们离那只弃船越远越好。

"走了几步之后,船长突然停了下来,他指指霉菌覆盖住主甲板两侧排列的东西。'是枪。'他说,'我猜,这是艘掠私船——也许比这更糟!医生,我们到船体下面去,也许那儿有些东西值得一看。这艘船比我想象的还要古老。赛尔文先生认为它大概有200岁了,我认为还不止。'

"大伙继续往船后走,我记得自己迈着尽可能轻的脚步,潜意识里害怕会一脚踩进埋在霉菌里腐朽的甲板。从其他人走路的姿势看,我想他们也有同样的感受吧。偶尔,那柔软的东西会咬住我们的脚后跟,随后发出一声轻而喑哑的吮吸声。

"船长稍微领先二副几步,在他前面稳健地走着,船底部也许会有值得一看的好东西的猜想激发了他的行动力。然而,二副多多少少开始认同我的看法,至少我是这样认为的。我想,要不是因为加宁顿船长顽强不屈的勇气（我可没有夸大），我们所有的人早就在那一瞬间葬身鱼腹了。因为当时弃船上的确弥漫着一种让人不安的气氛，令我们的勇气不知不觉地消失殆尽。你们很快就会知晓我说的这种气氛确实存在。

"船长走过后半截船尾楼甲板的台阶上覆盖的几块霉菌后，突然之间我意识到空气中的潮气断断续续地加重了，一种薄而潮湿的水汽，如雾一般诡异地缭绕在船上，甲板被笼罩得朦胧不清。有次这种水汽冷不防射出来，正好喷在我脸上，一股浓浓的臭气扑面而来，又怪异又让人恶心想吐。我莫名其妙地产生了古怪的压抑感，认为自己隐隐期盼很久的危险就要来临了。

"我们跟着船长登上那霉菌覆盖的三级台阶，缓缓地走在船尾楼甲板上。船长在后桅处停下来，手中的提灯照向后桅，他对二副说：'喂，看啊，上面是厚厚的霉菌！天哪！我敢打赌差不多有四英尺厚。'他又用提灯照亮后桅和甲板的接界处，说道：'我的天，瞧这上面的海虱！'我走上前去，看到一层厚厚的海虱粘在甲板上，有一些足有大甲虫那么大，除了身上有点点小小的灰色斑点之外，这些海虱全都暗淡无色，像水一样透明。

"'我只有在活着的鳕鱼身上才见过这种东西。'船长露出十分迷惑不解的模样，'哎呀！它们真是个庞然大物！'说完，他继续往前走，走了几步却又停下来,用提灯照着霉菌覆盖的甲板。

"'老天保佑!医生,'他低声喊道,'你有没有见过这种东西?啊呀!它足足有一英尺长。'

"我弯下腰,视线越过他的肩膀看去,他说的那个东西透明,有一英尺长,约八英寸高,背部凸起,细细长长的。我们看的时候,那个东西突然诡异地轻轻动了一下,然后便'啪'的一声不见了。

"船长说道:'这家伙跳着逃走了!它肯定是我见过的海虱当中最大的一只。我敢打赌这家伙跳起时足足 20 英尺高。'他站起来,用手搔了搔头,另一只手提着灯这里照照,那里照照,而后他看着我们说:'海虱待在船上干什么?这些小东西,你们会在肥壮的鳕鱼身上看到它们,现在它们却在这里,医生,要是我明白这是怎么回事,我就不是人!'

"船尾楼甲板上矗立着两英尺高的船楼顶,再后面是船尾舷栏。稍低一些的船尾楼甲板后部,堆砌着一大团小丘样的霉菌。船长举着灯,照向那个小丘,只见小丘有一码高,好几英尺宽。船长走向小丘。

"'我猜这是个小舱口。'说着,他重重地踢了小丘一脚,就像踢在一团白面粉团上一样,那个巨大的浅白霉菌团深深向里陷了进去。接着一股紫色的液体从船长踢的地方汩汩涌出,随即空气中弥漫着一股异味,闻起来有点熟悉,又有点陌生。有一些霉菌样的东西粘在船长的靴头,同时从那里面流出相同颜色的汗液,如果可以称之为汗的话。

"'什么东西?'船长惊讶地说,抽回脚准备再踢一次,但是二副出来阻止了:'先生,别踢。'于是船长停下来。

"我看着二副,在灯光的映照下,他的脸上露出惶恐的神情,一副不知所措的模样,似乎突然间害怕起来,又好像惧怕管不住自己的舌头,从而泄露了他无意说出来的恐惧。船长回转身,看着他。

"'怎么啦,先生?'船长问道,有点困惑,嗓音中有丝难以觉察的恼怒,'如果我们要到底舱去的话,就得先清除掉这又脏又黏的东西。'

"我看着二副,他正在注意听着另一个声音,而没太在意船长的话。突然间他说道:'听,大家注意听!'

"然而,除了停靠在弃船边小艇上的人轻微的交谈声外,我们什么都没听到。

"片刻停顿之后,船长说:'我可什么也没听到,你呢,医生?'

"'没听到什么。'我说。

"船长转向二副,问道:'你听到了什么?'但是,二副古怪又近乎暴躁地摇摇头,似乎责怪船长的问话打断了他的倾听。船长瞪了他一眼,然后高高举着提灯,焦虑不安地打量着他。此时,我感觉到空气中弥漫着诡谲压抑的气氛,但灯光所照之处,除了无处不在的浅白色的霉菌外,什么都看不到。

"'先生,别胡思乱想,'船长终于开口了,他望着二副说,'回过神来,

你这大笨蛋。还不明白吗，你什么也没听到。'

"二副说：'船长，我肯定听到了什么声音。我听到——'他霍然住口不说了，看来他听得已有几分入迷了。

"我问道：'那个声音听起来像什么？'

"船长轻轻地笑起来：'好了，医生，回去后你再鼓励他异想天开地瞎想下去。我可是要开始清除霉菌了。'他躲在升降梯后，伸出脚猛踢那团丑陋的东西。这一踢的结果非常惊人，整个东西都颤动起来，活像一只颜色难看的大水母。

"船长迅速缩回脚，向后退了一步，他提着灯照着那团东西，说：'老天，这该死的东西变软了！'很明显，他也受到了惊吓。

"尾桨手惊恐地从那团突然变得松软的霉菌旁逃开几步。尽管如此，我相信他一点也不明白究竟发生了什么事。二副待在原地没动，只是瞪着眼看着。船长继续举着灯照着那堆抖动的小丘。

"船长说：'怎么会变得又湿又软，看来这儿不是小舱口，里面也不会有让人讨厌的木制品。呸！这味道真怪！'

"他绕到这团诡异的小丘后面，看看是否能发现入口，从而可以穿过这团庞大的霉菌进入船舱。就在此时，二副用古里古怪的腔调说道：'听。'

"船长站直身子，那一瞬间我们紧张万分，周围静悄悄的，连小艇上的说话声也听不到了。我们都听到了那个声音——很轻微的砰砰声,一下一下从底下的船舱里传来。那声音很是微弱,我怀疑自己是否听得真切。想来其他人的想法也和我差不多。

"船长猛地转向尾桨手。

"'去,告诉他们——'船长说,尾桨手喊了句什么,并用手指指前方。他那毫无表情的脸上平添了几分古怪的激动情绪,船长视线紧随着他指的方向看去,我也朝着那个方向望去,尾桨手指着的正是那个庞大的小丘。只见船长踢过的缝隙处,有股紫色的液体正诡异而又富有节奏地喷薄而出,就好像是用水泵抽出来的一样。霎时,又有一大股液体喷射出来,一直溅到尾桨手面前,洒在他的靴子和裤腿上。

"之前,尾桨手只是一味地感到惴惴不安,这次液体溅在他身上时,他居然惊慌叫了一声,转身就要逃开。笼罩在天地之间的黑暗似乎把他给吓着了,他呆呆地站了一会儿,待回过神来,就一把抓过二副手中的提灯,然后报复似的狠狠踩踏那一片让人恶心的霉菌。

"二副一言不发,看着那团微微抖动的小丘上喷出暗紫色的小溪,溪水散发阵阵恶心的怪味。船长大声吼叫着,命令尾桨手赶快回来,但他仍一味地向前跑。突然地面变得柔软起来,有些硌脚。尾桨手歪歪扭扭地跑着,费力地迈着步子,踩踏在霉菌上,发出'扑扑'的声音。他手中的提灯猛烈地来回晃动着,虽说我和他隔得很远,但还是能听到他发出惊恐的喘息声。

"'回来,把提灯拿回来!'船长再次吼道,但尾桨手依旧不理不睬。

"船长沉默了一会儿,他的嘴唇不停地动着,嘴里含糊不清嘀咕着什么。那一刻,尾桨手拒不听从命令,引起船长的暴怒和震惊。一片静谧之中,我又听到了那个声音——砰——砰——砰!听着非常清晰。这个声音就像是从脚下传来的,但又像是隔得很远。

"我低下头,心底突然生出一股又厌又惧的情绪。我先是望着脚下那片霉菌,然后又看看船长,企图故作镇定地说点什么。只见船长转身望向那个小丘,脸上的怒意全消。他将手中的提灯伸出去,照向那个小丘,全神贯注地倾听。此刻又是一阵死寂,但至少我知道,我没有听到任何别的声音,只有那个诡异的声音——砰——砰——砰,从我们脚下巨大的船壳内传出来。

"船长突然紧张地踢了踢脚。他抬起脚时,脚下那片霉菌就扑通扑通作响!他迅速看向我,笑一笑,似乎表明他并不介意。

"'医生,这件事,你怎么看?'船长问道。

"'我想——'还没说完,二副便打断了我。'看!'他升高了嗓门,他激动的语气引得我们两人马上扭过头去看他。

"二副用手指着那个小丘,只见整个小丘都在慢慢地颤动,从小丘里面淌出的古怪液体流淌在甲板上,这股细水流淌到我们前面不远处的一个小丘处聚集起来——那个地方曾被我误以为是舱室的天窗。很快,第二个小丘坍下去,几乎平铺在四围的甲板上,坍下去的霉菌极其诡异地微微颤动着。突然,二副脚下的霉菌快速震颤了一下,他嘶哑地低呼一声,舞动着双臂以保持平衡。这时整个地面都摇晃起来,船长一下没站稳,害怕地咒骂了一句,分开双脚。二副跳向他,一把抱住他的腰。

"'船长,那艘船!'二副吐出了那个我没有勇气说出来的字,'看在上帝的分上——'

"话音未落,弃船上划过一声凄厉、喑哑的哀号。大家都怔住了,纷纷掉头张望。我不用转身便能看见那个从我们身边跑走的尾桨手,他站在靠近船右舷防护墙的中央甲板上,身子来回晃动着,发出一声声凄惨的叫声;他竭尽全力想把脚从霉菌中拔出来,晦暗的灯火照在他身上,透着说不出的诡谲。他周围的霉菌剧烈晃动着,他的双脚渐渐湮没其中,接着黏稠的液体没到了他的腿上,倏地,霉菌里露出白森森的皮肉来——可怕的黏液硬生生地拽下了他的一条腿,他发出一声令人毛骨悚然的尖叫,拼命地挣扎,试图把另一条腿挣脱出来——这条腿也几乎尽毁了。很快他面朝船甲板倒下去,霉菌不断地涌过来,覆盖了他的全身,现在那个水手已经看不见了。他倒下去的地方,翻腾奔涌的霉菌源源不断地从四面八方涌过来,一圈圈怪异的波纹向四围化开。这简直就是一幅人间炼狱的图景!

"加宁顿船长和二副两人怔怔地站着,一脸错愕惊惧的表情。出于职业习惯,我心里升起一个非常可怕的念头。

"这时,小艇上的水手大声叫嚷起来。突然我看到船舷上方有两张脸孔露出来,因为有灯光照着,那两张脸孔一度显得格外清晰。掉进霉菌沼的水手从赛尔文先生手中夺走的提灯依然摆放在甲板上,完好无损,提灯的近旁,骇人的霉菌不停地翻滚蔓延开来,提灯随着上下起伏的黏液一起一落,这景象——就像是颠沛在浪尖上的一叶孤舟。现在想来,最微妙的莫过于看着那上下起伏的提灯,我心里感受着无法名状的沉郁诡秘气氛。

"随着一声声惊呼,小艇上水手的脸孔很快消失不见了,他们是不慎滑倒了,还是突然被什么东西伤着了。接着,小艇上又传来一阵惊叫,'快回来,快回来!'水手们大声叫嚷着。霎时,我感到有一股强劲的力拽得我左脚隐隐生痛,我又是气闷,又是害怕,尖叫着把脚挣扎出来。环顾四周,我发现整个霉菌沼都在蠕动,我听到自己用变了调的嗓音嚷起来:'船长,小艇!那只小艇!'

"船长转过身子,傻愣愣地盯住我,似乎完全给弄糊涂了。我急切地向前跨出一步,紧紧抓住他的胳膊,拼命摇晃着,'那只小艇,'我冲他吼着,'那只小艇,看在上帝的分上,叫他们赶紧把小艇靠过来。'

"当时一定是有霉菌拉住了他的脚,只见船长突然惊慌失措地吼叫起来,不再是一副置身事外的模样。他奋力扭动着身子,一块块健硕的肌肉凸出来,由于用力过猛过快,提灯也顾不得拿了。只见他奋力地一拔,黏液四溅。这时他也意识到情势的严峻,立时冲着艇上的水手吼叫道:'把艇划过来,划过来,到这儿来!'我和二副也加入了喊叫的行列。

"'看在上帝的分上,伙计,放机敏些吧。'船长咆哮着,弯下腰,拾起还未熄灭的提灯。他的脚又一次给绊住了。他喘着气,大声咒骂着,用力跳到一码开外的地方。紧跟着,他一步一挪地急急跑到甲板的一侧。就在这时,二副大声地号叫起来,他的手紧紧抓住船长。

"'勾住我的脚了!勾住我的脚了!'他惊叫着,整只脚连同鞋面都消失不见了。加宁顿船长用强有力的左臂环抱住他的腰,死命地将他拽了出来。我疯狂地跳来跳去,生怕有黏液溅过来;突然我向船舷一侧跑去,眼看要到的时候,船舷和霉菌沼中间出现了一个古怪的大裂口,那裂口至少有两英尺宽,到底有多深,我并不知道。很快裂缝又合上了。船长刚刚站立的地方飞快地旋转成了可怕的巨大霉菌旋涡。我从它旁边绕过去,一步也不敢挨到。这时船长朝我喊道:

"'过来,医生!这边来,快跑过来!'船长从我身边跑到船楼甲板上。二副像个麻布口袋一样耷拉在船长的左肩;赛尔文先生已经昏厥过去，两条长腿软绵绵地耷拉着，随着船长的脚步来回敲打着他结实的双膝。当时任何不起眼的细节我都注意到了，我下意识地看着二副脚上脱落的靴子在霉菌沼里翻腾跃动，发出'劈劈啪啪'的声响。

"'啊，船，这边，这边！'船长大声叫嚷着，我也跟在后面叫着，接着传来水手们激动人心的回应声。显然，他们正想方设法突破荡漾在这艘弃船周围密实的浮藻。

"我们跑到破破烂烂的弃船尾，心急火燎地想辨认清楚迷茫夜色里的景象。船长拽二副上来的时候，把提灯落进霉菌沼里；我们凝神屏气地呆望着，突然发现提灯和船尾之间的霉菌正一点一点地漫过来。所幸的是，我们脚下的方寸之地还是牢靠的。

"每隔两秒钟，我们便大声催促着水手们赶紧把小艇划过来，他们总是回应说马上就到。望着那阴森森的甲板，濒临疯狂的不安情绪攥住了我的身心，我恨不得立时越过船舷，纵身跳进那肮脏的浮藻里。

"弃船底舱的某个地方，传来'嗵嗵嗵'的响声，这个异常沉闷的声音一直不绝于耳，愈来愈响。单调的敲击声每响一次，船身便摇晃一下。我疑惑这刺耳声音的来源，它听来不啻是最鬼异、可怕的声响了。

"我们近乎绝望地等着救援的小艇。我的目光来回搜寻着惨白凄清灯光下的甲板，整座甲板看上去都在晃动。远处，朦朦胧胧的一圈圈光晕打在不断翻滚涌动的霉菌上，显得十分诡谲而古怪。稍近一些，暝曚的灯光照着的，本来应该是能看到底舱天窗的地方，如今却覆盖着层层叠叠的霉菌，正一点一点地向外蔓延，上面凸起的一道道丑陋的暗紫色波纹愈加明显，就像是健硕的纯种马身上暴起的血管。叫人百思不解的是，本以为沿着船舱走道流到底舱里去的霉菌流，却只是一味向四围蔓延。

"霉菌轻轻地颤动着，光晕碎了，黏液呼啸着漾过来。情急之下，我爬到摇摇欲坠的栏杆上，大声呼救。小艇的水手们回应着，听声音好像近了一些。但那层层叠叠的浮藻太过厚重，小艇一时也难以突破进来。船长站在我的身边，大力摇晃着二副的身体，他哼唧了几声，船长继续摇着他的身子，'快醒醒，醒醒！'他大声地叫喊着。

"二副挣扎着从船长的臂弯里醒来，突然歇斯底里地尖叫起来，'天啊，我的脚，我的脚。'我和船长拽着他，将他安置在船舷上。他坐在那儿，痛苦地呻吟着。

"'医生，把他扶好。'船长丢下一句话，往前跑了几码远，身子探向船右舷的栏杆，凝神望着下面的海水。'看在上帝的分上，快一些。你们这些家伙，快一点！快一点！'他冲着下面的水手大叫大嚷，水手们屏声敛气地回应着。虽说他们只是近在咫尺，但小艇距离我们还是太远，此时此刻派不上任何用场。

"我扶住处于半昏迷状态的二副，眼睛直愣愣地盯着船尾楼甲板。

霉菌无声无息地慢慢涌过来，突然我看到近旁有东西在动。

"'小心！船长。'我惊叫一声。话音未落，船长脚边的霉菌突然发出怪异的咕嘟声，霉菌流打着转儿悄悄潜游过来。他手忙脚乱地跳开，霉菌还是呼啸着紧跟其后。他大声咒骂着，转过身，索性面对着眼前的霉菌。突然，他的脚下出现了星星点点的豁口，里面发出令人不寒而栗的吮吸声。'船长，快回来！'我大声叫着，'快回来！'就在这时，一个秽浪打过来——砸在船长双脚上。他跺着脚，拼命往后跳，靴子也褪去了一半。他气急败坏地咒骂着，迅速退回到船尾。

"'来吧，医生！我们离开这里。'他叫着，猛地记起了周围漂浮着肮脏的浮藻。他犹疑了一下，接着就声嘶力竭地朝水手吼叫着，催促他们快一些。我望着下面的海水，跟着大声附和。

"'二副怎么办？'我问。

"'交给我好了，医生。'说着，船长一把抓住赛尔文先生。我觉得自己倚着的船尾栏杆下面的浮藻里隐隐约约有斑驳的影子闪动，我探下身子看，舱口下面果然有东西。

"'船长，下面有东西！'我指向黑魆魆的海水，大声叫嚷着。船长佝着身子，凝神望向黑夜。

"'天啊！一条船，是一条船！'船长欢呼起来。他敏捷地爬到栏杆上，接着把二副拽上来，我跟在他后面。'千真万确，是一条船！'

他细看了一会儿，兴高采烈地叫起来。说着，他把二副从栏杆上抱起来，将他慢慢放在那只小船上。听见'咚'的一声，二副安安稳稳落在小船后座上。

"'医生，你先下去吧。'他朝我叫着，把我整个儿推向栏杆，我跨过去的时候，栏杆摇摇晃晃，发出恶心怪异的声音。我在二副的身边坐好，紧接着，船长也跳了下来。不过，他掉进了前舱，只听得周围响起一阵'噼里啪啦'的木头断裂声。

"'感谢上帝！'我听到他小声咕哝着，'感谢上帝，真是死里逃生。'

"船长擦亮了一根火柴，我借着光挣扎着爬了起来。然后我俩扶起二副，让他平躺在靠船尾这边的划桨手座位上。忙完以后，我俩就一起朝着小艇上的人喊，告诉他们我俩现在的方位。听到我们的喊声后，水手们就用灯笼朝着弃船的右舷照过来，一边大声地回应说会尽力营救我们。等待的时候，船长划亮了一根火柴，开始仔细查看我们掉进的这艘小船。小船的构造很现代，两头尖尖的，船尾部分还漆上了'哥莱丝高暴风'几个大字。整艘船看上去很新，很显然是顺海流漂过来，被这一片浮藻给扣绊住的。

"船长又划亮了好几根火柴，径直走过去。突然，我听见他大声地喊我，就跨过几个座位走到他面前。'你看看这个！'他指着船头的一堆白骨对我说。我走过去，仔细研究了一阵——这里面起码有三个人的骨头，全都混在一起，堆成很大的一堆。骨头很干燥，上面一点灰尘也没有。我突然想起了什么，却什么也没说。其实我自己的思绪也很混乱，而且更不可思议的是，我竟然觉得这可能跟弃船里那砰砰声有关……虽然现在我们已经不在那艘弃船上，但耳边依旧清晰地传来那可怕的重击声，我的脑海中总是不时地浮现出弃船里那堆小丘不停扭动的模样，真是恐怖万状！

"船长划亮了他手中最后一根火柴时，我又一次看见了那恐怖的景象，船长也立刻发现了，但只一瞬间，火柴便熄灭了。船长哆嗦着摸出另一根，擦亮……我们看过去，那东西近在眼前，这一切不是幻觉！只见一片巨大的灰白色嘴唇从船舷上伸过来，嘴唇上一团肉瘤状物体正在无声无息地贴近我们，就像是突然从弃船上长出来的一样。就在这时，船长喊了起来：'这艘弃船是活的生物！'——这正是我一直以来心里所想，却无法接受的事实。

"我从来没有听过一个人用如此焦虑和恐惧的口气说话，但船长的话却让我接受了自己在潜意识里所做的猜想。他刚才说的是事实！我的理智和多年经验所排斥的猜想也是事实！那一刻，我们所感受的恐惧和震惊恐怕是任何人也无法想象的。

"在燃烧着的火柴的光芒中，那东西渐渐逼近。其表层布满了紫色条纹，这些纹络一条条凸出，非常清晰。这团东西伴随着一声声巨响有节奏地跳动着,就好像灰白色的壳里裹着一个硕大无比的器官,正在那儿有力地搏动着。火柴很快烧到了尽头,灼烧到船长的手指,我闻到了烧焦皮肉的味道,但是船长自己却无动于衷,根本没有察觉到疼痛。火柴'呲'的一下便熄灭了。就在灭掉的前一秒,我看见那团凸出的肉瘤底部有一块红肿得很厉害,并且上面还浸着一层紫色的泡沫,非常恶心。火光熄灭后,瞬时黑暗里便传来一阵尸体的恶臭。

"我听见船长撕扯火柴盒的声音,接着就听到他的诅咒。他的声音充满了莫名的恐慌,由此可以看出,火柴已经用完了。黑暗中,船长慌忙转身,想逃到船尾,但动作太匆忙,在最近的划桨手座位上绊倒了。我紧跟在他后面,虽然看不见,但是我俩很清楚,那东西就在我俩身后,正跃过船头那堆混杂在一起的人骨,朝着我们直扑过来。我俩魂飞魄散,疯狂地冲着小艇上的人喊'救命'。这时,小艇的船头绕过弃船右舷,进入我们的视野。

"'感谢上帝。'我喘着气说道。船长却狂吼着,命令水手们把光照过来。这点他们却做不到——刚才他们忙着转过小艇来救我们的时候,已经把灯踩灭了。

"'快过来,快点!'我大声叫着。

"'看在上帝的分上,你们快一点!'船长也吼叫着。

"我们俩都是面朝那东西站着,虽然黑暗中看不见,却知道它正在一步步逼近。

"'给我一支桨！快点！给我一支桨！'船长咆哮着，在黑暗里向渐渐驶近的小艇伸出双手。朦胧中，我看见船头的一个人站了起来，隔着几码浮藻将一样东西递了过来。船长用手一捞，便碰触到了。

"'我已经拿到手了，你放手吧！'船长急促地说道，声音很紧张。

"就在那时，我们所在的小船被一股突如其来的外力直推向那艘'弃船'右舷。接着我就听见船长冲着我吼道：'医生，快闪开！'然后他就抡起那根14英尺长的笨重木桨，用力地向黑暗里的东西打去。顿时便听见那边传来一阵吱吱声，船长大叫着又一次抡打过去，用力非常之狠。打了第二下之后，我们的船稍稍向右偏了一点。就在这时，那艘小艇驶了过来，轻轻地靠上了我们的小船。

"船长扔掉木桨，冲到二副身边，把他从划桨手座位上抱起来，直接将他抛到那艘小艇的船头。船上的人手忙脚乱地接住了他，接着船长吼着命令我也跟过去，我照办了。船长跟在我后面，又拿起那根木桨。我们将二副抬到后面，然后船长立刻吼叫着，让那些人赶紧把小艇往后划。很快，小艇便离开了我们刚才待的那艘小船，面向宽阔的海洋驶去。

"'汤姆·海利斯呢？'其中一个人一边划着桨，一边气喘吁吁地问道——他正好是汤姆·海利斯的密友。船长只是非常简短地回答：'已

经死了！你划桨，不要讲话！'

"他们刚才划进浮藻来救我们就已经很困难了，而现在要划出去则更是难上十倍。已经过去五分钟了，但是我们连一英寸也没划到。我的心再一次被恐惧攥住。就在这时，一个划桨的水手将我的恐惧说了出来：'它要逮到我们了！我们都完了，就像汤姆一样！'——说这话的就是刚才询问海利斯的那个人。

"'你闭上嘴！划桨！'船长吼叫着。就这样又过了五分钟，突然，黑暗中又传来了那可怕的砰砰振动声。我转过身去，盯着船尾后面看。我的心沉了下去，我可以确定，在我们身后的一团黑影中，那怪物正越追越近。船长肯定也是这样想的，他回头迅速地望了一眼，便跑上前来，安排了两个尾座划手。

"'医生，'他对着我喘息着说道，'到船头去，看看你能不能把船头前的秽物移开一点。'

"我照着他说的做了，一分钟以后，我已经站在船头，努力地将浮藻往两边拨开。我拨动这些黏质的稠状物时，一股类似动物的气味便浮了上来。后来空气中到处都飘满了这种刺鼻难闻的气味。我无法找到恰当的词来描述当时的紧迫感——危险似乎就隐身在周围的空气中，而船尾后面，那怪异的生物正在步步逼近——这点我坚信不疑，但是这些浮藻，就像半融化的胶水紧紧地拽住我们不放。

"时间就在这种死一般的沉寂中一分一秒地过去了,虽然只有几分钟,但感觉上却是如此的漫长。我不停地向后看过去,双手一刻也不敢停下,一直在拨动那污秽的浮藻——用力地劈打,使劲地往两边搅动。这样做了一会儿,我已大汗淋漓。

"突然,船长叫了起来:'伙计们,我们已经冲过去了,再加一把劲!'的确,这时小艇真的是在以很快的速度向前行驶着。于是大伙儿重新鼓起勇气和希望,奋力向前划去。我们一直向前冲,一会儿,那可怕的砰砰声就被我们远远地抛在身后,渐渐消失了。夜已经深了,天上堆着厚厚的云层,四周一片漆黑,连弃船的轮廓也看不见了。我们的小艇慢慢接近了浮藻的边缘,速度也随之变得越来越快。最后,小艇终于哗啦一声滑入了清澈的大海。

"'感谢上帝!'我高声地赞美着,将撑篙收了上来,然后我便往回走到舵柄前,站在船长身边。那时,他一面焦虑地注视着天空,一面看着远处我们大船上通明的灯火。过了一会儿,他又开始凝神倾听起来。而我呢,也在不知不觉间跟着照做了。

"'那是什么声音?'我猛地问道,因为我听见船尾后很远的地方传来一种很奇怪的声音,既像是哀叫声,又像是口哨声。'那是什么?'我又问了一次。

"'是风声。'他低低地答道,'我希望上帝能保佑我们平安登上大船！'然后他便向手下的人喊道：'使劲划！你们必须尽力，要不然你们就没机会看见明天的太阳了！'这些人很顺从地照做了。不久，我们就平安地抵达大船，在暴风雨来到之前收起了小艇。这时，西面已经是白茫茫的一片。至于几分钟以后的情景，我也早已了然于胸——暴风会将海水掀成一排排磷光闪闪的巨浪，当暴风逼近时，这种打着圈呼啸着的风声会越来越猛烈，最后听上去像是火车的鸣笛声一样尖厉。果然，这场风暴真是来势汹汹，那个早晨，除了汹涌澎湃的海浪外，我们什么也看不见。而在那一片渺茫中，那艘弃船也正如我们希望的那样，消失得无影无踪。

"我检查了二副的脚，发现他的伤口很奇特——两只脚的整个脚板都被'消食'掉了。我无法找到其他合适的词来描述这种伤口，但我知道二副所承受的痛楚是难以想象的。"

"你们看，"老医生总结道，"这正是一个极好的例子。如果我们知道这艘弃船载的货物，各式货品的摆放顺序，以及船体经历的温度和时间，我们就可以得出这个生命形体的化学组成。当然我们并不能由此获知它的起因，但不管怎样，这也算是往前进了一大步……不过，很多时候，我都在懊悔，我们怎么会遇上那样的大风？虽然我们因此发现了这种奇妙的生物，但我却希望这事从来没有发生过——虽然那种机会确实很难得。我一直在思考，不知道这个怪物是怎么从混沌中苏醒过来的。至于那片浮藻，真像是个大网，困住了那么多东西！"老医生叹了口气，下意识地点了点头。

"如果我知道船上装载的货物，"他的眼睛里充满了悔恨，"如果这样的话，我就能帮上忙。但是不管怎样……"他又加了一些烟丝在烟斗里。"我认为，"他突然停住，严肃地看着我们，环视了一圈，说道，"我们人类是一群不知满足的乞丐，永远都在向前追求着。但是，那的确是个好机会，一个很好的机会……"

夜之声

没有海风，没有星星，这是一个黑沉沉的夜晚，我们的船在北太平洋下锚七天了。我不知道确切的下锚位置。那一周潮闷得让人疲乏不堪，一层阴雾似乎就在我们头顶上空的船桅周围浮动，时而下沉，时而弥漫在茫茫无边的大海之上。

因为无风，我们固定船柄，船保持着定向航行。我一个人待在甲板上，船员们——两个男人和一个小男孩都在船前部自己的舱内沉沉昏睡。这艘小船的船长——我的朋友威尔，则在船尾的小舱内，躺在他那张靠左舷的床铺上睡着了。

突然，茫茫无边的黑暗之中传来一声高呼："喂！那条帆船！"

这声呼喊古怪离奇，我霍然一惊，没有立刻回答。

那个声音——粗哑、诡异，似乎是出于鬼魅之口——又从远方黑黝黝的海面上传来："啊，那条船呀！"

"喂！"我已经回过神来，大声喊道，"你是什么人？想要什么？"

那个诡异声音的主人也许察觉到我有点迷惑不解，说道："不必害怕，我只是个上了年纪的人。"

这话听起来很古怪、很突兀，后来我才意识到这句话蕴含着重大含义。

"那你为什么不向我们靠拢？"他暗示说我刚才有点胆怯令我有些反感，因而我没好气地问道。

"我……我……我不能，那样会不安全。我……"那声音戛然而止，海面上一片静谧。

"你这是什么意思？"我感到吃惊，问道，"怎么会不安全？你在哪儿？"

我侧耳倾听了一会儿，但那个声音没有回答。我脑海中突然涌起一团化解不开的疑云，不知道这是为什么。这时我快步走到罗经柜前，从柜子中拿起一盏亮着的提灯，同时用脚跟使劲踩踏几下甲板，叫醒威尔。然后我回到船舷旁边，探出身子，借着黄色的光柱，向寂静无声的浩瀚汪洋眺望。这时我听到水面传来一声轻微又压抑的低泣，然后水声泼溅,似乎有人把划桨沉入水里了。灯光刚刚照射到海面时,水面上确实曾漂着东西,我不能肯定那是什么,但眨眼的工夫却又空无一物了。

"喂!"我喊道,"什么鬼东西?"

海面上只传来隐约难辨的划水声——有只小船正驶向茫茫黑夜。

这时威尔在船尾喊道:"出了什么事,乔治?"

我答道:"快过来,威尔!"

威尔穿过甲板走过来,问:"怎么啦?"

我将刚才古怪的事告诉他,他问了几个问题,沉默了一会儿,然后将双手拢在嘴边,大声呼喊:"嗨,那条小船!"

遥远的海面上传来一声微弱的回答,威尔又喊了一声。海上沉寂了片刻,我们又依稀听到小心翼翼地划水的桨声,于是威尔又招呼了一次。

这次海面上传来了回答:"把灯收起来。"

"我听你的才怪。"我小声抱怨道。不过,威尔让我听从那声音的吩咐,我才把灯放到舷墙下面。

威尔说道:"划过来些。"那桨继续往前划。不过,在距离我们大约六英尺处又停下了。

"朝前划呀!"威尔喊道,"你不必怕我们,没什么好怕的!"

"你能发誓不用灯光照我吗?"

我大声喊道:"灯光和你有什么关系?你怎么怕光怕得跟鬼一样?"

"这是因为……"那声音欲言又止。

我紧跟着问:"因为什么?"

威尔将手放在我的肩膀上,低声说道:"安静一会儿,老伙计。我来和他谈。"然后,他也探出身子,横过船栏,对着那人道:"你看,先生,这件事可非常古怪。你在苍茫无际的大洋中意外地碰到我们,我们怎么会知道你玩的是什么把戏,你说你那儿只有你一人,我们怎么可能相信是真是假,除非让我们稍稍看你一下……你至少要告诉我们,你为什么怕光?"

威尔刚说完,我就又听到划水声,那个声音说话了,不过这次是从更远的地方传来,话音极为失落、可怜:"对不起……我本不应该打扰你们的,只是我太饿了,而且,她也太饿了。"

那个声音逐渐消失了,只有那不规则的划水声一下一下地侵入我俩的耳鼓。

"停下。"威尔大声说,"我不是想赶你走。划回来!你不喜欢灯光,我们可以把灯光遮盖起来。"然后他扭头对我说道:"那只是条该死的古怪小帆船而已,我想它应该没什么可怕的?"

我听出他的语调中有丝质疑,于是回答道:"当然没什么可怕的,我想这个可怜家伙的小船在这片水域周围失事,所以神智失常了。"

我俩听到那桨声越来越近。威尔说道:"将灯放回罗经柜中。"然后又探过身子侧耳倾听。我把灯放回去后,又回到威尔身边。只听那桨声停在离我们船大约12米处。

"你现在还是不肯靠过来吗?"威尔平静地说,"我已经把灯放回罗经柜中了。"

"我……我不能。"那声音回答道,"我不敢再往前划了,甚至连……连付给你们食物的钱,我都不敢送过去。"

威尔犹豫地说:"那好吧。"又犹豫地加了句,"你能拿多少就拿多少。"

"你真是太善良了。"那声音说道,"愿无所不能的上帝赏赐你……"那嘶哑的声音又戛然而止。

威尔突然问道:"那个……哦……那位女士,她……"

那个声音答道:"我叫她留在小岛上。"

"什么小岛?"我插嘴问道。

"我也不知道小岛的名字。"那声音说,"我愿意死,如果能知道……"声音的主人却又突然停下来不说了。

这时威尔问了句:"我们可以派条小船去接她吗?"

"不!"那声音极力强调说,"看在上帝的分上,不!"停顿了片刻,他才接着说，"是我们想要吃东西，我才冒险前来——因为她的痛苦折磨着我。"听声音，他承受着某种指责。

"我真是个健忘的粗人。"威尔说，"等一下，不论你是什么人，我马上给你拿吃的去。"

两分钟后，威尔抱着一大包食物回来了，他靠在船舷上，问道："你能不能过来拿这些吃的？"

"不能……我不敢。"那声音回答道。我觉察到这句话隐藏着迫切的需求，好像这声音的主人在压抑着自己对食物的极端渴望。突然我脑中灵光闪现，可怜的老家伙，在这个茫茫无边际的黑暗海面上，他正忍受着对食物的真正渴求。因为某种别人难以理解的恐惧，他却不敢冲向我们这条船取得食物。这突如其来的顿悟，让我意识到这位"隐形人"不是神智失常，而是清醒地面对着无法忍受的惶恐。

"该死！"我说道，复杂情感的交织中，怀有深深的怜悯，"威尔，拿个箱子来，我们把吃的放在里面，让箱子顺着水漂过去。"

我和威尔把箱子放到水里，然后用撑篙把箱子推向无边的黑暗。不久就听到那个"隐形人"的轻呼，我们知道他已经捞到了那个箱子。

过了片刻，他向我们大声告别，忠心地祝福我们，让我相信，我们的行为受之无愧。随即听到他的划桨在飞快地击打着海水，驶向黑暗。

"走得倒是挺快。"威尔说道，声音中隐隐有丝受骗的感觉。

我回答道:"等一会儿吧,我想他还会回来的,他肯定是急需食物。"

"还有那个女的。"威尔沉默了片刻,又继续说,"这是我捕鱼以来所经历的最古怪的事。"

"是啊。"我也在那儿沉思默想。

时间悄然而逝,两个小时过去了,威尔依然在甲板上陪伴我。这件古怪的事已将他的睡意驱赶殆尽。

三小时又四十五分钟过去了,我们又听到黑沉沉的海面上传来了划桨声。

"快听!"威尔说道,嗓音中带着一丝兴奋。

我低声道:"不出所料,他来了。"小船越来越近,我听出那木桨划得比先前有力持久。送去的食物已到了该到的地方。

划桨声在离我们船不远处停下来,黑暗中那个怪异的声音喊道:"喂!那条船呀!"

"是你吗?"威尔问。

"是的。"那声音回答道,"我突兀地离开你们,是因为……因为有人急需那些吃的。"

"那位女士?"威尔问道。

"那位女士……现在那位女士还在尘世,非常感激你们。不久,她会在天堂……在天堂……更加感激你们。"

威尔显然被他这几句话弄得大惑不解、糊里糊涂，只好住口不说了。我则一言不发，感到这几句话之间的片刻停顿令人费解，除此之外，内心还充满着深深的同情。

那声音继续道："我们……她和我已经谈过了，我们享受到了上帝的慈爱和你们的仁慈……"

威尔不知所措地谦虚了一句。

"请您不要……不要贬低您今夜慷慨的馈赠，这是信奉基督才有的……美德。"那声音说，"请相信上帝已经看到这一切了。"

说到这儿，他停下来，足足过了一分钟，才接着说："我俩已经谈过我们……所遭遇的一切。我和她都曾想过要摆脱降临在我们头上的恐惧，不告诉任何人，但是我们都认为今……今夜所发生的事是上帝的安排。是上帝要我们将所忍受的一切都告诉你们。那是自从……自从……"

"自从什么？"威尔问道。

"自从阿尔巴特罗斯号下沉之后。"

"天啊！"我不禁脱口而出，"六个月前，阿尔巴特罗斯号帆船离开纽卡斯尔前往旧金山之后，一直杳无音信。"

"是这样。这条船在航线稍偏北的水域遭遇可怕的风暴，桅杆断了。天亮时船严重漏水，很快就沉没了。船上的船员登上小船后逃走了，只留下……只留下一个年轻女士——我的未婚妻和我。

"那些船员逃离时,我俩恰好没在甲板上,而是在船舱内收拾几件行李。逃离的船员惊恐万状,又是那么冷酷无情,我俩跑到甲板上时只看到那渺小的帆影驶向天际。不过当时我俩并没有绝望,而是动手拼搭起一个小木筏。限于木筏的载重量,我们只能在上面放置必需的几件物品,一些淡水和不多的饼干。等我们做完这一切,阿尔巴特罗斯号大半都已经沉入水中了,这时我们才跳上木筏,划开了。

"划了很久,我才发现木筏顺着洋流或潮汐渐渐地漂离大船,三个小时之后(根据我的表来看)阿尔巴特罗斯号的船体已经看不见了,只剩下那折断了的桅杆在水面上漂浮着。傍晚时,海面上的迷雾升起来了,整夜不散。第二天海面上依然迷雾笼罩,一丝风也没有。

"在这场怪异的阴雾中,我们的小木筏随波逐流,一连漂流了四天。直到第四天傍晚,才听见遥远的地方传来碎浪拍打着沙滩发出的哗哗声。渐渐地,那声音越来越明显。午夜之后,在一排巨浪的冲击下,小木筏几经颠簸之后,到了一片平静的水域,碎浪就在身后哗哗作响。

"黎明时,我们发现我俩原来置身于一大片礁湖之中,我们判断这个地方并不大。透过茫茫无边的迷雾,一艘巨大帆船的船体赫然耸立在礁湖之内。我和她不约而同地双膝跪下,感谢上帝的慈爱,此处就是我俩厄运的终结。但事实证明,我们还有很多东西要学。

"我们划向大船,朝着它高声喊叫,乞求船上的人让我们上船。但是无人回答。

"不久木筏就靠在大船旁边,我看到有条绳子从船上垂下来,于是就抓住绳子往上爬。爬的时候大费周折,因为绳子上沾满了青苔般的灰色真菌,船外侧也是大片大片污渍般的青灰色真菌。

"我抓住大船栏杆,费劲地向上爬去,翻身跃上了甲板。天啊,我看到甲板上蠕动着一片片、一团团的灰色真菌,有些已经层层叠叠地堆有几英尺高。当时我只想着船上有没有人,没多想船上怎么会有这么多真菌怪物。我大声喊叫,无人回答。于是我走向船尾甲板下的舱门,打开门朝里仔细看,一股浓重的腐烂气味扑面而来,我立刻就明白舱里根本没有活人。意识到这一点,我迅速关上舱门,那一瞬间自己只感到无尽的孤独。

"我回到当初爬上来的地方。未婚妻还在木筏上静静地坐着,看到我往下看,她便大声问船上有没有人。我说看来这船已经废弃很久了,让她再等一会儿,我找找船上是否有梯子之类的东西让她也爬上来。不久我就在甲板的另一端找到了一段绳梯,我把绳梯拖到甲板这边来,放下绳梯,她随即也爬上了船。

"我俩一起检查了船尾的舱室和房间,连活人的影子也没有。即使在舱内,我们也是在那一堆堆让人恶心的怪异真菌中穿行。我的未婚妻说我俩可以清理掉这些怪物。

"最后,我们确定船尾空无一人,就穿过那一团团灰色怪异的真菌,小心翼翼地往船首走去。在团团丑陋的灰色怪物中行走,真让人恶心。到了船首,我们检查得更加仔细。结果确定除了我们二人之外,船上再无他人。

"这一点已经毫无疑问。我俩又返回船尾,着手清扫船尾,要尽可能舒服地安顿下来。我们将两间舱房清空,打扫干净,然后我搜查整个大船,看能否找到些吃的东西。很快就找到了些食物,我在心里感谢上帝的仁慈。除此之外,我还发现了淡水抽水机。修好后我压上了点水,尝了一下,尽管那水的味道很难忍受,却还可以喝。

"开始那几天,我们没打算离船上岸,只是待在船上,忙着将船收拾得适合居住。早在那时,我们就意识到我俩的命运比想象的还要糟。虽然我们刮去房间、客厅的地板与墙壁上粘着的团团怪异的真菌,可是不到24小时,它们又恢复如初。这不仅让我们无比沮丧,更让我们隐隐约约觉得不安。

"但我们不肯认输,又重新开始刮。我们不仅刮去真菌,而且用石炭酸浸泡生出真菌的地方——我在储藏室找到一大罐石炭酸。可是,一星期后,它们又生机勃勃地重新占领了原先的地盘,似乎是我们帮助这些家伙离开原地,到外地旅游了一周后又回来定居。

"第七天早上,我的未婚妻醒来,发现她的枕头上生出了一小片灰色的真菌,就在她的脸旁。她披上衣服就冲出来找我。当时我正在厨房生火,准备做早餐。

"'快来,约翰。'她说着将我拉到船尾,指给我看枕头上的东西。我看到那些东西,全身打战。当时我们决定马上离开这条船,看看到岸上能不能设法生活得更舒服些。

"我们很快收拾了仅有的几件衣物。但即使在这几样东西中,也已经生长出了真菌:她一条披肩的下摆一端粘着团灰色真菌。我没告诉她,就将那条披肩扔到一边。

"那个小木筏还在大船旁,但它太笨重了,划起来很不方便,所以我放下一条挂在那艘帆船尾的小船,上了小船,我们朝着岸边划去。小船离岸越来越近,我也越来越清醒地意识到,那些将我们二人从大帆船上驱赶出来的可恶的真菌,已经在这片陆地上蔓延滋长,有些地方已长成可怕怪异的小丘。微风吹过,小丘也似乎在轻轻颤动,如同它们有沉默的生命一样。有些地方真菌堆积起来,形状如手指,有些地方真菌却是平展地拥挤在一起,汹涌波动,更离奇的是,有些已经堆积成奇形怪状的矮小的盆景树,不可思议地纠缠在一起,盘根错节,整个东西不时地抖动,令人恶心得想吐。

"起初,我们认为这一团团丑陋的真菌绵延在整个堤岸上,但事实并非如此。稍后，我们划着小船沿着海岸前行时，发现了一片平整的白色地面，好像是上好的沙滩地，我们就在那儿登陆。登陆后才发现那不是沙子，也不知道是什么东西。我只注意到这片沙地上不会生出那种真菌。除了这片沙子般的土壤之外，其他所有的地方，在片片荒芜凄凉的灰色地面上，处处滋生着一条条弯弯曲曲像小路一样令人作呕的灰色真菌带。

"发现这块完全没有滋生真菌的清洁之地，我俩是何等的高兴啊！那份欣喜若狂是难以表达的。我们放下物品，随后我又返回大帆船拿了些必需的东西。我还设法带走了一张船帆，用它做了两个小小的帐篷。尽管粗糙无比，却也能为我们所用。我们住在帐篷里，将必需品也放在里边，就这样平平安安地过了四个星期。其间没有发生不愉快的事。事实上，我还是很幸福的——因为……因为我跟她在一起。

"那东西首先在她右手大拇指上生长繁殖。开始只是一个小圆点，很像个灰色的小痣。

"天啊！她把她的大拇指伸给我看时，我是怎样的恐惧啊！我俩一起清理掉那个小圆点，用石炭酸冲洗浸泡。然而第二天一早，她又将那大拇指伸给我看，只见那肿瘤般的灰色怪物又回到大拇指上，一时之间我俩面面相觑，随后二话不说就开始刮擦那东西，刮到一半时，我的宝贝突然说：'天啊，亲爱的，你脸上是什么，在侧面？'她的声音尖利刺耳，焦虑万分。我摸了摸脸。

"'在那儿，耳朵旁，藏在头发里。再往前一点。'我摸到了那个地方，然后我就知道那是什么了。

"'先把你的手指清理干净。'我说。她同意了。如果不把手指弄干净，她就不敢用手碰我。我把那根手指洗干净后，她反过来清理我脸上的东西。之后，我们坐下来闲谈，谈了很多事情，头脑中时时有许多非常可怕的想法袭来。突然之间，我们忧虑比死更可怕的命运会降临到我俩头上。我们甚至谈到将食物和水放到小船去，重回大海，然而我们孤独无助，而且……而且细菌早已经侵袭了我们的身体，我们决定留下来。听天由命吧。我们只有等待。

"一个月，两个月，三个月过去了，这片陆地发生了一些变化，又增加了别的东西——真菌。尽管我们奋力清除那可怕的菌类，但它们的发展速度只是相对地减慢了一些而已。

"偶尔我们也冒险前去那艘大帆船，去拿些必需的东西。那些真菌在大船上顽强地生长蔓延，其中主甲板上的一块菌类在很短的时间里就长到和我的头顶一样高。

"我俩意识到，我们所忍受的这种东西，已不允许我们重新回到健康的人们中生活，我们放弃了离开小岛的所有念头，或者说是期盼。

"达成了这样的决定和共识，我俩知道必须节约食物和淡水：因为我们可能还要苟延残喘好几年。

"说到这儿，我想起，我曾告诉过你们说我是个老人，从年龄上看并非如此。可是……可是……"

他停顿了片刻，心灰意冷地说道："正如我所说，我们必须节约食物。那时我并不知道我俩剩下的食物已经微乎其微。一周之后，我才发现所有的面包桶——我认为是满满的面包桶——全空了，除了几个蔬菜罐头和肉罐头之外，我们一无所有。只有我早就打开的面包桶中，才有一点点面包。

"这一切激起我要尽己所能去谋生的最后挣扎，我开始在礁石中捕鱼，但是一条鱼也捕不到。近乎绝望之后，我才想到去礁石外的公海上捕鱼。在公海上，我也曾捕到过几条鱼，可成果是如此少，几乎无助于解除威胁我们的饥饿。

"我想，我俩极有可能是死于饥饿，而不是那些已经占领我俩躯体的怪物。

"怀着这个想法，我俩度过了第四个月。可是第四个月的月底，我又经历一件可怕的事。一天，将近正午时，我从大帆船上下来，带来些我们剩在那儿的饼干。透过她的帐篷口，我看到我的宝贝坐在那儿，正嚼着什么东西。

"'吃的什么，亲爱的？'我跳到岸上，朝她喊道。可是她听到我的声音，似乎惊恐万状，接着转过身，偷偷摸摸地将一团东西向帐篷外那一小片干净的沙地边上扔去，那东西却中途落在地上。我脑海中涌起一阵难以说清的疑云，走过去捡起它，看见是块灰色的真菌。

"我托着那团东西走向我的宝贝，她的脸一下子变得煞白，又转而变成绯红。

"我头晕目眩，又胆战心惊，说：'亲爱的，哦，我亲爱的！'再也说不出别的来。听到这话，她一下子崩溃了，嘤嘤痛哭。等她渐渐地平静下来，我才知道缘由：她前一天就已经尝试了几口，并且……并且喜欢上了它的味道。我让她跪下发誓，无论怎样饥饿难耐，再也不准碰那东西。之后，她告诉我咀嚼那东西的欲望是突然而至，而且……而且，欲望来临时，她什么感觉也没有，只有极端的冲动。

"那天，这件事过后，我异常地焦躁不安，而且上午发生的事极大地打击了我求生的信心，就独自走上一条像白色沙子似的东西铺成的弯曲小路，那条小路在真菌般的生长物中绵延伸长。之前我也曾独自冒险走过一次，但走得不远，而这次，我脑子乱成一团，走得远多了。

"突然，左侧一声诡异嘶哑的声音惊得我回过神来，我迅速转身去看，却见咫尺之处，在一团团形状怪异的菌类中，有物体蠕蠕而动。此物摇摇摆摆地晃动着，似乎它也有内在的生命。看着它时，我突然想到这个奇怪的东西和扭曲变形的人的模样有可怕的相似之处。这个奇怪的念头一闪而过，霍地又响起一声轻微但令人毛骨悚然的撕扯声。我看到那怪物枝条般的胳膊正奋力拨开堆积在它周围的灰色真菌，向我走来。

"那个怪物的头———一个不成形的灰色球状物朝着我微微倾斜。我呆若木鸡地站着，任凭那只丑陋的手臂轻轻划过我的脸。我惊声尖叫，转身而逃，然而我嗅到那家伙摸过的嘴唇上有丝甜甜的味道，于是张开嘴舔了舔。不料，一种兽性的欲望立刻在我的体内弥漫，我转身抓了一团真菌，然后又抓了一把——不知餍足。吞食的时候，上午发生的事侵入我昏沉沉的脑海。这一切全是命中注定，是上帝的旨意！我猛地将手中那块真菌摔在地上，深感自己肮脏罪恶，无比痛苦，返回到小帐篷中去。

"出于爱情赋予的奇妙感应，我想她刚看到我时就知道发生了什么事情，她无声的安慰让我宽心不少。我告诉了她我突如其来的软弱和屈从，不过上午碰到那个怪物的事情却隐去不提，我不愿她承担不必要的惶恐。

"可是我自己却因为目睹了一件难以容忍的恐怖之事，不绝的惊恐汩汩而来。我怀疑，我不仅看到了从礁湖弃船上下来众多海员当中的一位海员的结局，而且也从这个可怕的结局中看到了我俩的命运。

"自此以后，我俩再也不碰那可恶的食物，虽然吞食它的欲望，已深入我们的骨髓。可怕的惩罚已经降临，日复一日，那可怕的真菌已经处处爬满了我们可怜的躯体，蔓延的速度越来越快，让人难以置信。我俩想尽办法去彻底清除它，却白费力气，毫无成效。所以……所以……我们两个曾经是人，现在却成了——唉，日子一天天过去，这件事已经越来越不重要了。只是我们……我们曾经身为男人和女人！

"我们拼死抵抗着因饥饿而引起的吞食那可怕真菌的欲望，日复一日，这种生存争斗越来越残酷。

"上一周最后一块饼干也吃完了，之后我捕了两条鱼。今夜我来此处捕鱼，看到你们的帆船从雾气中驶来，就向你们打招呼。余下的事你们都知道了。乞求上帝以他仁爱宽广之心，保佑你们，因为你们善待了……善待了一对被抛弃了的可怜人。"

我们听到他划动船桨，又划了一下，接着那个鬼魅般的悲伤声音从浅雾弥漫的海上向我们最后道别："上帝保佑你们！再见！"

"再见。"我和威尔一起喊道，声音沙哑，百感交集。

我环视四周，却见黎明已经悄悄来临。一道淡淡的阳光照亮雾气笼罩的大海，光线渐渐穿透迷雾，给远去的小船罩上一层微弱的光环。我隐隐约约看到在两桨之间有物体在摇动。我想那是个海绵——一块大大的会摇动船桨的海绵。那船桨一直朝前划——双桨都是灰色的，船也是灰色的。我久久地搜寻苍茫的海面，想看到握桨的手，却一无所见。于是我去看怪物的头部，只见双桨向后击水，头就向前点动。船桨击水划动，小船很快就驶出光环，那个……那个东西也晃动着消失在迷雾之中。

图书在版编目（CIP）数据

幽灵侦探 ／ （英）威廉·霍奇森著；徐嘉康译
．－－ 上海：上海文艺出版社，2020（2021.7重印）
（域外故事会神秘小说系列）
ISBN 978-7-5321-7585-7

Ⅰ．①幽… Ⅱ．①威… ②徐… Ⅲ．①长篇小说－英国－现代 Ⅳ．① I561.45

中国版本图书馆CIP数据核字（2020）第047837号

幽灵侦探

著　　者：[英]威廉·霍奇森
译　　者：徐嘉康
责任编辑：蔡美凤　吴　艳
装帧设计：周　睿
责任督印：张　凯

出　　版：上海文艺出版社
出　　品：上海故事会文化传媒有限公司
　　　　　（200020　上海市绍兴路74号　www.storychina.cn）
发　　行：上海文艺出版社发行中心
　　　　　（上海市绍兴路50号）
印　　刷：上海中华印刷有限公司
开　　本：889毫米x1194毫米　1/32　印张7
版　　次：2021年3月第1版　2021年7月第2次印刷
ISBN：978-7-5321-7585-7/I·6034
定　　价：35.00元

版权所有·不准翻印

上海故事会文化传媒有限公司 出品（01032）www.storychina.cn

想看更多精彩故事？
扫码下载故事会APP

上海故事会文化传媒有限公司所有图书可办理邮购,免收邮费(挂号除外)
汇款地址：上海市绍兴路74号(200020)；　收款人：上海故事会文化传媒有限公司出版发行部
联系电话：021-64338113
如发现本书有质量问题，请与印刷厂质量科联系 T:021-60829062